QUI LE SAIT ?

QUI S'EN SOUVIENDRA ?

La vie passe, elle passe vite et inexorablement en emportant avec elle dans un tourbillon de sentiments et d'images les rires et les visages des êtres les plus chers.

"...il est important de connaître l'Histoire : l'histoire du monde, l'histoire des pays qui composent ce monde, l'histoire de la France bien sûr, notre patrie, et surtout l'histoire familiale : si vous connaissez le passé, vous comprendrez le présent et vous saurez mieux gérer l'avenir..."

Thierry BIDON à ses filles un jour qu'elles rechignaient à apprendre leurs leçons d'histoire

A MES FILLES

Ces quelques pages n'ont pas d'autre objectif ni ambition que de vous faire connaître mon enfance. J'ai souhaité vous raconter, avec mes mots, quelle a été ma prime jeunesse, et les circonstances dans lesquelles j'ai grandi et été élevé.

Pour cela, au fil de mes souvenirs et anecdotes, j'ai fait revivre vos ancêtres, les membres de notre famille dont une part de sang coule dans vos veines, expliquant aussi en partie, c'est certain, votre propre parcours.

A la lumière de ces écrits, vous allez connaître un petit peu mieux votre père, découvrir dans quelles conjonctures il s'est construit, et peut-être mieux comprendre ainsi l'homme qu'il est devenu.

Je voulais aussi essayer de décrire une époque révolue, non que je vive dans la nostalgie (vous verrez vous aussi, la nostalgie vient avec l'âge) mais afin que cela vous aide à construire votre propre futur, et le futur de notre pays. Soyez fières de vos ancêtres, fières de ce qu'ils ont construit, tout comme je suis très fier de vous trois.

Gardez toujours confiance en vous, allez toujours de l'avant, et n'oubliez pas qu'après les orages il y a toujours du beau temps.

Votre papa qui vous aime tant.

Les lecteurs les plus jeunes découvriront dans ces modestes écrits, peut-être parfois avec étonnement, une époque disparue, tandis que ceux de mon âge revivront avec nostalgie, je suis certain, des moments de vie à jamais ancrés dans la mémoire.

C'est parti !

Je suis né le 10 avril 1966 dans la nuit du dimanche de Pâques, dans la banlieue de Bordeaux à Caudéran dans la clinique de Lavalençe, appelée aussi à l'époque Maison de Santé Lavalençe, établissement spécialisé dans les accouchements. Cette belle et grande maison bourgeoise de pierres blanches trônait au milieu d'un parc arboré aux pelouses impeccables dominées par de grands arbres majestueux. Cette bâtisse a été détruite quelques années plus tard, sacrifiée sur l'autel d'un urbanisme galopant aux constructions tentaculaires et adepte des ensembles géométriques modernes en plein essor dans les années 70's.

Aux dires de ma mère l'accouchement a été un peu long et difficile, le médecin accoucheur a dû finalement utiliser les forceps, et ces instruments de métal avaient laissé des marques sur mon visage bleu et tuméfié de nourrisson.

Oui j'étais vraiment vilain à la naissance, et

j'imagine avec amusement la tête des visiteurs face au premier bébé de la famille.

- "Oh qu'il est mignon" disaient ils dans un sourire hypocrite tout en pensant très certainement : "mais c'est quoi ce truc ?"

Mais je rassure le lecteur, au fil des jours et dans les semaines suivantes, tout est rentré dans l'ordre et mon état physique c'est très vite amélioré : mon visage est redevenu humain et mes yeux bleus faisaient craquer ma maman ! Par la suite je suis devenu une mignonne tête blonde, un petit garçon espiègle et joueur, mais surtout trop aventurier et casse-cou aux yeux de mes grands-mères et arrières grands mères qui veillaient sur moi.

Car il faut noter ici que grâce à une pyramide des âges avantageuse au sein de mes familles maternelles et paternelles, j'ai eu la chance de bien connaître mes deux arrières grand-mères qui se sont beaucoup occupées de moi enfant. Mon arrière grand-mère maternelle, Henriette, était née en 1902 et avait donc soixante quatre ans à ma naissance. Mon arrière grand-mère paternelle que tout le monde appelait Poupoune était née en 1897 et avait à peine soixante neuf ans lorsque je suis né. Oui j'ai eu des arrières grands parents "jeunes", ce qui n'était pas exceptionnel à l'époque, des grands parents d'une quarantaine d'année et donc encore plus jeunes, et surtout des parents de vingt ans qui étaient de vrais gamins en fait. En effet le jour de ma naissance mon père n'affichait pas encore ses vingt trois printemps, et ma mère à peine vingt et un. Oui des gamins !

Je dois aussi ajouter à cela qu'aucun des membres de ces deux grandes familles (grandes par le nombre de personnes qui les composaient bien sûr, car comme le disait Coluche nous ne sortions pas de la cuisine à Jupiter !) installées respectivement au Taillan-Médoc et au Haillan, deux communes distantes de moins de deux kilomètres, n'avaient jamais quitté la Gironde. J'ai donc grandi dans un environnement familial géographiquement resserré et particulièrement protecteur, mais surtout j'ai eu la chance d'avoir été élevé au sein d'une grande tribu composée de plusieurs générations vivant à l'époque sous le même toit. Certes plusieurs générations vivants sous le même toit pouvaient rendre parfois le quotidien entre adultes un peu tendu certains jours, mais pour nous enfants quel bonheur ! Et pour moi curieux de nature et instinctivement attiré par "les grands" j'en ai retiré un riche et précoce apprentissage de la vie, partagé entre le milieu agricole du côté de ma mère et le milieu ouvrier du côté de mon père.

Comme je suis né le jour de Pâques, le dimanche 10 avril, pour la frange féminine de ma famille, c'est à dire mes arrières grands-mères et grands-mères catholiques pratiquantes, il était évident que le choix de mon prénom devait s'arrêter sur «Pascal». Il n'en fut rien, et mes parents un peu rebelles et désireux de prendre leur vie en main ne cédèrent ni aux remarques, ni aux regards appuyés et faussement étonnés. Ils me déclarèrent "Thierry" auprès de l'officier de l'état civil. Ils persévérèrent dans leur rébellion en enfonçant le clou en ne me donnant qu'un seul prénom, ce qui ne se faisait pas à l'époque car la coutume non écrite voulait que les enfants baptisés portent immanquablement comme second prénom celui de leur parrain ou marraine.

J'ai certainement hérité très tôt de cet esprit

rebelle : un jour ensoleillé que ma mère me promenait dans ma poussette dans les rues du village elle croisa près de l'église le curé du Taillan, le père Arriéta. Ce dernier qui m'avait baptisé et qui connaissait très bien ma famille s'arrêta pour nous saluer et échanger quelques mots. Je n'étais qu'un enfant très jeune, je parlais à peine. Ma mère plus par politesse que pour vraiment que je m'exprime, pencha la tête vers moi et me demanda dans un sourire :
- « Dit bonjour à Monsieur le Curé »
Bien sûr je n'ai pas ouvert la bouche malgré la douce insistance de ma mère, aussi le prêtre s'est exclamé :
- « Si jeune et déjà anticlérical ! »
Le ton n'était pas méchant mais ma mère n'a jamais su si le prêtre avait lancé cette réflexion sérieusement ou si c'était de l'humour car ce dernier n'avait pas la réputation d'être très jovial. Cette anecdote a souvent été narrée lors de nos repas de famille, et faisait toujours rire l'assemblée...même les grands-mères !

Petit garçon je m'arrivais pas à prononcer mon prénom, le mot "Thierry" s'éparpillait dans des syllabes incompréhensibles et bégaiements improbables. Mais adepte dès le plus jeune âge des solutions rapides, j'optais pour le mot "Kikié" pour me désigner. Ce diminutif m'a très longtemps suivi, durant mon adolescence et même devenu adulte, Papé mon grand-père maternel continuait de m'appeler très souvent ainsi.

Enfant j'étais un peu turbulent (et plus tard cela ne s'est pas arrangé avec l'adolescence) et il m'arrivait souvent de tomber, de trébucher au cours de jeux acrobatiques ou de cascades aléatoires, et à chaque fois, je disais à la personne qui venait me ramasser :

- "Kikié a caqué la gueugue !"

ce qui faisait beaucoup rire mon entourage...sauf mes parents bien entendu.

J'avais aussi des difficultés à exprimer certains sons, par exemple je n'arrivais pas à prononcer le son "ch" et "ge" et j'avais de petites difficultés d'élocution avec les mots contenant ces syllabes. Cette prononciation particulière faisait sourire bon nombre de personnes.

Un jour ma mère et sa sœur m'avaient emmené avec elles en voiture et nous revenions de je ne sais plus où. Ma mère tout en conduisant discutait avec ma jeune tante et

j'étais assis sur la banquette arrière en skaï, bien au milieu, les fesses à peine posées au bord du siège, presque debout, les mains appuyées sur les deux sièges de devant pour bien voir la route (à l'époque les ceintures de sécurité n'étaient pas obligatoires, et de plus il n'y en avait pas à l'arrière des automobiles). Les deux jeunes femmes étaient en pleine conversation et je pensais que ma mère n'avait pas vu le feu tricolore qui venait de passer au rouge. Je m'écriai affolé en tendant le doigt :
- " C'est rouze, c'est rouze !"
Ma mère et ma tante coupées dans leur conversation éclatèrent de rire devant mes cris et ma panique.

Oui enfant j'étais turbulent et rempli d'une énergie et d'une volonté bien affirmée, mais mes grands-pères respectifs savaient faire preuve d'une autorité sans faille que je savais qu'il ne fallait pas défier. A l'époque on ne plaisantait pas avec l'éducation et les éventuels débordements jugés inadmissibles étaient vite réglés d'un coup de pied au cul ou d'une taloche si le haussement de ton de l'adulte s'avérait insuffisant. En général je comprenais vite qu'il fallait que j'arrête mes conneries, le simple regard appuyé et sans équivoque de mon grand-père me faisait vite rentrer dans le rang.

Vers l'âge de quatre ou cinq ans, comme beaucoup de petits garçons de ma génération, j'ai eu une une voiture à pédales comme cadeau de Noël chez mes grands-parents maternels. C'était un beau jouet pour l'époque car cette voiture était en tôle, d'un rouge bordeaux éclatant avec de vrais pneus en caoutchouc. Je pédalait au milieu de la cuisine, slalomant entre les chaises, passant sous la table, et mimant les adultes, la tête tournée de côté regardant derrière moi, je me lançait dans des créneaux entre la cuisinière et le frigidaire. Mais ces moments de calme relatif ne duraient jamais trop longtemps. Influencé et attiré par les vrais automobiles et engins agricoles qui m'entouraient au quotidien, je me projetais avec mes yeux d'enfant dans des scénarios jaillis tout droit de mon imagination fertile, et ce d'autant plus facilement qu'à bord de ce véhicule j'avais le sentiment qu'il ne pouvait rien m'arriver. La plus commune de mes cascades était de prendre mon élan depuis la salle à manger, de passer en trombe devant la porte de la chambre de mon arrière grand-mère Henriette pour arriver le plus vite possible dans la cuisine et effectuer un virage serré devant le frigidaire afin d'essayer de faire le tour de la table. Il n'y avait bien sûr pas de freins sur cette voiture à pédales, et bien souvent emmené par mon élan je n'arrivais pas à tourner le volant à temps et immanquablement j'accrochais le frigidaire ou fonçais à grand bruit dans une chaise disparaissant avec elle sous la table. Je criai alors :

- " Accident ! "

Je sortais de la voiture, la tirais et la poussais dans un grand bruit de raclement sur le carrelage de pieds des chaises de bois. Une fois dégagé de ce fatras de meubles, j'essayais de me glisser sur le dos sous la voiture à pédales, comme les mécaniciens, pour la réparer. Je passais alors mes bras sous le train avant et tripotais à l'aveugle la tringlerie de la direction avec l'air sérieux du mécanicien sûr de son affaire !

Ma grand-mère maternelle Raymonde m'avait surnommé "brise-fer" et mon arrière grand-mère maternelle Henriette (que nous appelions mon cousin Laurent et moi "mamé Rillette") avait pris la prudente habitude au quotidien d'essayer de me repérer dans la maison avant de sortir de sa chambre : elle passait la tête par la porte, regardait rapidement à gauche dans la salle à manger puis à droite vers la cuisine, et après s'être assurée que je ne pouvais pas débouler de derrière le canapé, elle sortait enfin.

Mes parents pris par leurs activités professionnelles, les longs travaux d'aménagement de notre maison où il n'y avait pas encore de chauffage, ont eu pour conséquence que ce sont mes grands-parents paternels et maternels qui naturellement se sont occupés de moi, et que ce soit chez les uns ou chez les autres, j'étais très heureux car je partageais leur quotidien : la vie ne s'arrêtait pas parce qu'un bébé arrivait, qu'un enfant débarquait, il n'y avait pas le congé parental que nous connaissons aujourd'hui !

Au Taillan dans ma famille paternelle, mon arrière grand-mère Poupoune m'amenait au lavoir avec elle, et j'allais faire les courses chez les commerçants du village avec ma grand-mère Yvette qui m'installait debout sur la petite plate forme de son solex et marchait à côté en tenant le guidon auquel je m'accrochait aussi; et au Haillan dans ma famille maternelle j'étais souvent juché sur le tracteur ou les machines agricoles avec mon oncle Jean-Pierre et mon grand-père Henri. Tout jeune j'ai ainsi vu beaucoup de choses impactant ma vie d'enfant, j'ai été confronté très tôt aux réalités de la vie des adultes, bien plus que la plupart des enfants de mon âge qui étaient gardés avec d'autres en garderie, dans une maison ou un appartement et qui ne sortaient pas et ne participaient pas à la vie des adultes. Par ailleurs à l'époque il n'y avait pas "de filtres" de la part des adultes, que ce soit dans leurs conversations à table ou dans leurs discussion chez les commerçants, en tous cas chez nous, il n'y en avait pas, mais bien sur la pudeur restait de mise.

Au cours des repas qui étaient des moments d'échanges, les adultes parlaient certes de leur quotidien, mais aussi de certains de leurs soucis, de leurs tracas, et chez mes grands-parents maternels qui étaient maraîchers des inquiétudes et préoccupations qui rythmaient leur activité et conditions de travail : la météo impactant les cultures, le prix de vente de la marchandise ou les maladies des légumes, sans parler des problèmes mécaniques que pouvaient rencontrer les hommes avec les engins agricoles ou le matériel...L'enfant attentif et sensible que j'étais a vite pris conscience d'une certaine réalité de la vie des adultes lesquels portaient le poids de leurs soucis respectifs ou autres contrariétés matérielles ou intimes. Cela les amenaient quelques fois à hausser le ton ou à avoir des colères dont je n'étais pas la source, et je me rendais bien compte de leurs contrariétés, contraintes ou difficultés. Non je n'étais pas le nombril du monde, j'étais un petit être aimé de tous mais plongé dans la grande alchimie de la vie, de ses joies et de ses tracas et peines. J'ai ainsi rapidement compris que dans certaines circonstances je n'avais pas intérêt à me faire remarquer, les gens qui m'entouraient avaient d'autres choses à faire ou à penser ! Je savais dans ces cas-là me faire discret et me faire oublier. Je n'ai pas mis longtemps pour devenir autonome d'autant plus qu'étant très observateur et intuitif j'ai appris assez tôt à gérer les situations et difficultés que je rencontrai. En effet comme j'étais l'aîné, lorsque je me retrouvais seul ou même en l'absence d'un adulte, je ne pouvais pas compter sur un grand frère ou une grande sœur, ou même sur un cousin plus âgé. Mes cousins ou cousines étaient encore plus jeune que moi. Je n'avais donc pas de « modèle » auquel j'aurai pu m'identifier. J'étais seul pour me construire. Mes modèles et références étaient donc les adultes qui m'entouraient et qui travaillaient chacun dans leur domaine respectif. Clairement ces personnes-là ont été mes grands-parents et mes arrières grands-mères, puis mes parents bien sûr et leurs frères et sœurs. J'ai donc grandi avec des adultes, et j'ai grandi vite.

Très jeune j'ai ainsi rapidement découvert et cultivé le goût pour l'indépendance et surtout pour la lecture. Je montais très souvent à l'étage chez mes grands-parents maternels : en haut de l'escalier le couloir au vieux plancher craquant desservait à droite et gauche deux chambre et tout au fond une pièce noire qui servait de débarras. Je partais en exploration dans les armoires gardiennes du temps, me frayant un chemin dans les penderies, écartant vieux manteaux et robes anciennes, découvrant vieux cartons et emballages renfermant des objets oubliés ou vêtements abandonnés. C'est ainsi que j'ai découvert des livres : livres scolaires ayant appartenu aux générations précédentes, livres d'aventures aux gravures et dessins de crayon, livres de poche, romans aux reliures râpées et fanées, vieux romans-photos des années 50, d'anciens livres de ma mère et de mes oncles et tantes, des livres destinés aux adultes qui avaient été lus et manipulés par deux ou trois générations : des histoires de guerre, de journalisme, des livres historiques...Et là, dans la maison silencieuse et vide car les adultes travaillaient aux champs, je m'asseyais au milieu du fatras de cette pièce étroite toute en longueur, et je parcourais ces ouvrages avec un étonnement émerveillé et une soif de savoir comme un explorateur découvrant de nouvelles contrées. Je ne comprenais pas tout le vocabulaire de certains ouvrages, j'avais du mal à déchiffrer certains textes, et je me souviens à dix ans à peine de la lecture laborieuse de "20000 lieux sous les mers" de Jules Verne, mais je me nourrissais de mots et d'histoires fantastiques.

La lecture et l'observation des activités des adultes auxquelles je participais quelques fois étaient les deux seules choses qui m'apaisaient car j'aimais observer et apprendre avec cette volonté, comme de nombreux gamins, de faire comme les grands. En dehors de cela, le naturel revenait au galop, et je me montrais plutôt remuant, avec le besoin d'être dans l'action. Oui enfant j'étais un peu turbulent, un "mignon petit branleur" comme un jour l'avait souligné mon oncle Jean, un des frères de mon père, mon parrain. Mais en fait je l'étais en tous les cas beaucoup moins que lui à son âge. En effet, un de ses coups les plus pendables avait été de pénétrer dans le poulailler familial, et après une course poursuite bruyante au milieu des volatiles affolés, il avait capturé une poule...qu'il avait ensuite tout simplement jeté dans le parc à cochon ! Il s'en était suivi un combat hors du commun mais totalement inégal entre ces deux animaux : le cochon s'était jeté sur la poule pour la dévorer mais cette dernière plus agile malgré la petitesse du parc réussissait à esquiver les attaques du monstre. Néanmoins pris de panique devant la férocité de ce combat et surtout par les forts caquètements et cris de la poule, mon oncle s'enfuit en courant se cacher dans le chai complètement dépassé par les conséquences de son acte irréfléchi. Au bout d'un moment le calme revint. Silence complet. Il sorti alors inquiet de sa cachette et revient devant le parc à cochon. Il y avait des plumes partout. Derrière la tosse et coincé devant le mur de pierre, il discerna le cadavre de la poule que le porc n'avait pu attraper du fait de l'étroitesse du passage. Mon oncle commença enfin à réaliser ce qu'il avait fait. La colère paternelle qui allait s'abattre sur lui allait être terrible, et il devait donc faire quelque chose. Il réussi à enfermer le cochon dans l'abri, et on ne sait comment il récupéra le cadavre de la poule. Après avoir emprunté la pelle bêche, il fit un trou rapide dans le jardin potager qu'il reboucha encore plus rapidement après y avoir jeté la poule. Il s'enfuit ensuite en courant rejoindre ses copains et frères le plus innocemment du monde pensant s'être tiré d'affaire. Or quelques temps plus tard ma grand-mère rentrant à la maison passa devant le parc à cochon. Son attention fut attiré par toutes les plumes qui s'y trouvaient et par la porte fermée de l'abri. Elle eu un coup au cœur en ouvrant la porte basse et en découvrant le cochon couché sur un lit de plumes ! Elle devina immédiatement ce qu'il s'était passé, fit demi tour précipitamment et traversant le jardin se dirigea vers la maison d'un pas rapide. Elle n'avait fait que quelques pas dans l'allée lorsque ses yeux tombèrent sur le carré de terre fraîchement remué. Et là stupéfaite, bouche bée, se demandant si elle n'était pas sujette à hallucinations, elle vit la tête de la poule émerger difficilement du sol. Le volatile n'était pas mort mais simplement étourdi ! Blessé, méconnaissable et dans un état pitoyable, il cherchait désespérément à se dégager de ce nouveau piège et luttait contre l'asphyxie et pour sa survie !

J'étais donc plus remuant à l'école avec mes copains, ou au football avec ces mêmes copains que chez mes grands-parents ou qu'à la maison chez mes parents où j'aimais me plonger dans la lecture. Chez mes parents je dévorai avidement B.D et livres de la bibliothèque rose, puis ensuite bibliothèque verte. Mamie Yvette ma grand-mère paternelle m'a acheté pendant des années chaque semaine le Journal de Mickey ou Pif Gadget.

Pif Gadget était vraiment une référence pour nous les gamins et ce magasine rythmait notre vie d'enfant. Outre le fait que nous attendions impatiemment le gadget de la semaine pour le partager entre nous au cours de nos jeux, j'aimais toutes les histoires de cet hebdomadaire. J'avais une attirance particulière pour les histoires d'aventures et mes héros de B.D s'appelaient Rahan le fils des âges farouches, Docteur Justice le judoka et Capitaine Apache l'aventurier et justicier indien Sioux. Je lisais avidement ces histoires mais en m'attardant sur chaque vignette et détails des dessins qui me plongeaient dans la vie aventureuse de mes héros. Je me suis rendu compte bien plus tard que chaque histoire, quelque soit le héros, communiquait de belles valeurs morales : des valeurs de respect des hommes et de la nature dans Capitaine Apache, les cinq griffes du collier de Rahan représentant chacune le courage, la loyauté, la générosité, la ténacité et la bonté...J'ai gardé une vraie émotion pour ce magasine qui à mon sens apportait des valeurs importantes aux enfants au travers des histoires des héros de cette époque, et aussi une certaine source de culture et de vocabulaire car il y avait aussi des jeux et toutes sortes de reportages sur de nombreux et différents sujets.

Un jour mon oncle Jean – l'autre Jean, le mari de ma tante Michèle, la sœur de mon père – m'annonça qu'il m'amenait à la piscine avec mon copain Philippe pour nous apprendre à nager. Je sautais de joie car j'adorai mon oncle mais ne sachant pas trop en quoi consistait exactement aller à la piscine. Je l'adorai car il plaisantait et faisait souvent des blagues, quelque fois à mes dépends ! Par exemple, il m'avait confié un jour la tâche d'arroser le massif avec le tuyau d'arrosage. J'accomplissais cette mission avec sérieux et application en faisant bien attention à ne pas coucher les fleurs sous le jet d'eau. Tout à coup, la pression diminua progressivement, le jet se fit de plus en plus mince et disparu totalement. Je hurlais :
- « Tonton y a plus d'eau qui sort ! »

Il était accroupi à l'autre bout du jardin avec mon père pour déplacer des pierres.

Il me répondit :

- « Ça doit être un truc qui bouche. Regarde dans le tuyau si tu vois quelque chose ! »

Je m'exécutais aussitôt, sans avoir deviné ou pensé que c'était lui qui avait plié le tuyau d'arrosage en caoutchouc pour stopper l'eau...et je pris le jet de flotte en plein dans la poire sous les éclats de rire des deux adultes !

Je rigolais bien avec tonton. Mon oncle était un ancien rugbyman, et il avait laissé un jour ses dents de devant dans l'herbe du terrain après un choc violent avec un autre joueur. Suite à cet épisode il portait un dentier du plus bel effet, et sa blague favorite était de l'enlever en grognant et me faisant les gros yeux en me courant après.

En tous les cas j'aimais beaucoup aller à la piscine avec lui. D'une part parce que j'adorai l'eau, et d'autre part parce que mon oncle s'occupait bien de nous en nous apprenant les mouvements. Dans l'eau pas plus haute que son nombril, il reculait lentement le bras tendu, sa main nous tenant le menton tandis que nous nous appliquions à faire les mouvements de la brasse. Il avait l'habitude de gérer les gamins car il était professeur de sport. Sa silhouette athlétique ne passait pas inaperçue dans les bassins, et les gens regardaient en souriant le tableau de mon oncle qui nous apprenait à nager. Au bout de quelques semaines, lorsque nous avons maîtrisé un peu mieux les mouvements, il « oubliait » de temps en temps de maintenir le soutien de notre mâchoire et seule la peur injustifiée de couler nous faisait un peu paniquer. Et un jour il me lâcha doucement le menton à moins de deux mètres du bord et me disant :

- « Vas-y doucement, tu es arrivé »

Je me cambrais un peu pour maintenir ma tête hors de l'eau, et en trois ou quatre mouvements, je touchais le bord du bassin. Je savais nager !

A partir de ce jour, il n'eut de cesse d'améliorer notre technique, et sous couvert de jeux de renforcer notre confiance dans ce nouvel élément. Il discutait quelque fois avec le maître nageur qui un jour lui a prêté la longue perche qu'il tenait devant nous servant ainsi de guide pendant notre nage. Nous allions ainsi à la piscine toutes les semaines, et le groupe s'est petit à petit étoffé : Philippe, Eric puis mon cousin Frédéric son fils. Mon oncle a ainsi appris à nager à tous les enfants de la famille et nos copains les plus proches.

L'été suivant mon oncle Jean et ma tante Michèle m'amenèrent en vacances avec eux et leurs enfants, mon cousin Frédéric et ma cousine Catherine. Nous étions dans un camping à Andernos, et les après-midi nous allions à la plage. Nous avions un canoë gonflable constitué de plusieurs boudins. Un jour que nous n'étions que tous les deux dans ce canoë, j'entendis soudain un fort bruit de pression d'air se libérant dans l'atmosphère. Mon oncle avait discrètement enlevé le bouchon d'un coussin, et affolé me cria :

- « On a crevé, on va couler, vite saute, saute ! »

Je sautais aussitôt dans l'eau et commençais à nager vers la plage qui était juste à une quinzaine de mètres. Comme je n'entendais pas le « plouf » du plongeon de mon oncle, je me retournais, et l'aperçu explosé de rire dans le bateau gonflable ! Mais cette nouvelle blague me donna des idées de jeux : chaque fois que nous prenions le canoë, et que nous arrivions au niveau du chenal qui était un peu plus profond, je demandais impatiemment à mon oncle si je pouvais sauter, et chaque fois, il me répondait « oui » en rigolant.

Enfant, avant que mes parents ne fassent les travaux d'agrandissement de notre maison afin que je puisse avoir ma propre chambre, je partageais la seconde chambre à coucher avec ma petite sœur, et le matin très tôt mais surtout le soir tard dans mon lit en cachette de mes parents, il m'arrivait de lire sous les draps avec une haute lampe de chevet faisant office de poteau de chapiteau et qui me permettait de créer une sorte de grotte où j'avais de l'espace pour tourner les pages des livres. Je me sentais bien à l'abri et protégé dans cet antre, dégustant les bandes dessinées ou autre livre et je plongeais délicieusement dans les récits aventureux sans voir les heures défiler. Plus tard quand j'ai eu ma propre chambre après des travaux d'aménagement de la maison, je m'enfermais souvent pour de longs moments de lecture. J'aimais les histoires d'aventures, de héros partant à la conquête et découverte de contrées inaccessibles auréolées de dangers et de mystères. Je m'identifiais à l'explorateur traversant de dangereux territoires, chassant pour survivre et déjouant les attaques et pièges des animaux sauvages inconnus jusqu'alors par les hommes. De retour dans la vraie vie, je me projetais au quotidien dans toutes sortes de situations que je transformais en aventure. Je me souviens qu'un jour en allant chercher le pain avec ma mère, un chat croisé par hasard dans la rue devenait dans mon imagination d'enfant un terrible tigre mangeur d'hommes que la faim avait poussé dans les rues de mon village en quête de proies faciles ! Complètement absorbé par ces histoires de circonstances issues de mon imagination fertile je pouvais avoir des comportements très surprenants pour l'observateur extérieur, et en complet décalage avec la réalité environnante : je poussais ma mère surprise de côté pour la protéger du tigre feulant qui déjà immobile le ventre au sol, bien campé sur ses pattes, s'apprêtait à bondir. Je me jetais en avant devant ma mère vers la bête sauvage faisant ainsi rempart de mon corps pour la protéger, et mimant d'un air farouche mon attaque du félin

poignard invisible à la main. Bien sur le pauvre chat effrayé par ce gamin bondissant ne demanda pas son reste, et dans une attitude aussi sage que salutaire, se coula rapidement sous la clôture et disparu tout aussi rapidement, se demandant qu'elle mouche pouvait bien piquer ces curieux humains ! Ma mère qui n'avait pas décelé la dangerosité du fauve n'avait rien compris de la pantomime de son explorateur en herbe, et elle s'écria :
- « Mais calme toi enfin ! Il ne t'a rien fait ce pauvre chat ! Tiens toi tranquille un peu ! »

Oui c'est vrai que j'adorai quand ça bougeait, quand il y avait du mouvement, et comme beaucoup d'enfants à mon âge, inconscient du danger, j'adorai la vitesse. A cet âge-là c'était essentiellement la vitesse en vélo, et cela m'a valu des gamelles mémorables, des genoux écorchés et des coudes râpés même à travers les vêtements. J'étais un enfant qui aimait l'action, et dans ce domaine j'avais l'énorme chance d'être entouré d'oncles très jeunes, notamment les frères de mon père qui vivaient pleinement leur jeunesse dans le tourbillon et l'insouciance de l'époque.

Jeune enfant j'étais donc souvent avec mes oncles, ces frères paternels qui me trimballaient avec eux à droite à gauche, et surtout avec mon oncle Alain, le plus jeune et dernier de la fratrie. Alain né en 1951 avait à peine plus de vingt ans alors que j'en avais moins de huit à l'époque où il roulait en Dauphine, une bonne vieille Dauphine achetée d'occasion après sa réussite au concours d'entrée à l'École Normale. Une Dauphine rouge dont je me souviendrai toute ma vie avec laquelle il m'amena un jour « faire du cross » dans les communs du Taillan autour du centre hippique. « Faire du cross » était l'expression consacrée et très imagée pour ne pas dire « faire les cons dans les chemins », ce qui était bien en fait la réalité. Jusqu'à l'entrée dans l'âge adulte, j'ai donc « fait du cross » dans les chemins avec les copains : en vélo, en mobylette, en voiture...un jour nous avions même envisagé de voler un bus pour voir si un tel engin passait bien...projet fort heureusement avorté ! A l'époque donc on pouvait accéder en voiture dans la forêt et au milieu des coupes. Comme les chemins étaient libres, largement utilisés et donc entretenus par le passage des voitures et motos, en période sèche il y avait des passages délicats dans le sable malaxé par les pneus des véhicules. C'est dans ces endroits-là que les amateurs de courses ou de rallyes en herbe et motards intrépides s'éclataient au volant ou guidon de leurs engins.

On enquilla donc en Dauphine le chemin qui longeait la petite cabane du résinier en bordure de la route du centre hippique. Mon oncle Alain écrasa l'accélérateur, le moteur monta dans les tours et aussitôt le léger véhicule à propulsion commença à chasser de droite et de gauche dans le sable. Moi j'étais sur le siège avant passager, moitié assis et moitié debout, les deux mains accrochées à la petite grille du tableau de bord et je riais aux éclats ! La Dauphine dansait, les genets et petites broussailles en bordure du chemin frottaient sur le bas de la carrosserie lors des dérapages plus ou moins contrôlés, une légère poussière et le sable propulsé par les roues arrières nous suivaient comme un panache. Mon oncle aborda le grand virage sablonneux à l'intersection de trois pistes en rétrogradant rapidement et accélérant derechef. Le moteur hurla, la Dauphine sauta sur une bosse sablonneuse et arriva dans la zone de sable mou d'où elle s'extirpa en travers avec difficulté dans un bruit d'enfer tandis que mon oncle tournait violemment le fin volant à droite et à gauche pour maintenir l'adhérence. Alain riait glissant sur son siège, moi je criais de joie, trimbalé comme un bouchon, incapable de tenir mon équilibre, bousculé entre la portière et l'épaule droite de mon oncle. Quel bonheur ! Quelle joie pour moi enfant de vivre de tels moments ! Jamais je n'oublierai les rires de mon oncle, les hurlements du moteur et son odeur d'huile chaude typique des véhicules de cette époque, et ma joie mêlée de frayeur et d'excitation ! Quelle nostalgie immense j'éprouve aujourd'hui en pensant à cette époque bénite de liberté !

Au Taillan il y avait un rendez-vous incontournable et très attendu par la bande de gamins turbulents que nous étions : la fête de la Saint-Hilaire.
Saint-Hilaire est le saint du Taillan, le patron de la paroisse qui a donné son nom à l'église

du village. Et traditionnellement tous les ans à l'occasion de la Saint-Hilaire le 13 janvier avait lieu une fête foraine. Nous l'appelions la Saint-Hilaire...tout simplement !

Les forains s'installaient dans centre sur la place entre la Maison des Jeunes aujourd'hui disparue et le bureau de tabac de « Tintin ». Nous surveillions leur arrivées et installations successives tout au long de la semaine, ce qui alimentait nos conversations animées d'enfants.

Les attractions étaient peu nombreuses mais avaient le mérite de rassembler tout le monde le temps d'un week-end ou jeunes et adultes se retrouvaient. Les journées d'hiver étant courtes, nous mettions la pression très tôt à nos parents pour partir à la foire et profiter au maximum de l'après-midi. La plupart du temps agacés de notre impatience et insistance, nos parents nous donnaient l'autorisation de filer : nous nous retrouvions alors nous les gamins, quelques sous en poche parés pour l'aventure. Nous connaissions cette fête par cœur pour y être allé chaque année depuis notre plus tendre enfance avec nos parents, aussi ces derniers nous laissaient partir devant car ils savaient très bien qu'il n'y avait aucun danger. Tout le Taillan se retrouvait là-bas et immanquablement sans le savoir nous même, nous étions sous la surveillance discrète de voisins ou d'amis de nos parents ou grands-parents car tout le monde se connaissait. Je partais donc en courant rejoindre mes copains, souvent on se rencontrait en route et on arrivait en petit groupe happés par la musique à fond des manèges, des odeurs sucrées et des lumières multicolores et clignotantes des attractions bruyantes.

Il y avait là deux manèges d'enfants dont un pour les tous petits : on pouvait monter sur des chevaux, dans des voitures de sport, dans des avions que l'on faisait monter et descendre au moyen du manche, dans une diligence aussi mais nous délaissions cette dernière car une fois assis à l'intérieur il était quasi impossible d'attraper la queue de Mickey même avec la complicité et l'aide exagérée du forain. Nos préférés étaient les motos et le char d'assaut où nous étions libres de tous mouvements pour nous projeter dans nos exploits imaginaires ! Mais c'étaient les autos tamponneuses qui attiraient tous les fantasmes des cascadeurs en culottes courtes que nous étions, et les plus jeunes d'entre nous mentaient éhontément aux forains soupçonneux – mais pas naïfs - qui nous demandaient notre âge. Nous arrivions quand même à avoir des tickets avec l'aide du grand-frère ou du cousin plus âgé d'un copain, et immanquablement nous prenions le volant de ce que nous pensions être des bolides. Nous avions vite fait de repérer la ou les voitures les plus rapides – ou les moins poussives – et on se lançait alors dans des poursuites, tamponnages et autres dérapages.

Le tir à la carabine à air comprimé avec ses nombreux lots inatteignables et inaccessibles nous faisaient baver d'envies. Je me débrouillais bien au tir des ballons qui, animés par un petit courant d'air, bougeaient dans une cage en carton. J'avais compris qu'il fallait juste attendre que le ballon arrive dans la ligne de mire pour l'éclater à coup sûr, plutôt que d'essayer de suivre ses brusques pérégrinations aléatoires. Idem pour les pipes qui se déplaçaient à droite et gauche : il fallait attendre le court temps mort de l'aller-retour de la mécanique pendant lequel les pipes étaient immobiles une seconde pour appuyer sur la queue de détente et les atteindre quasi à coup sûr. Mes séries fructueuses étaient cependant vite interrompues par le forain qui sans façons lors d'un rechargement ou l'arrivée d'un nouveau tireur changeait ma carabine pour une moins bien réglée !

Dans un autre stand de tir situé à quelques mètres, un copain dilapida sous nos yeux toute sa maigre fortune. Il faut dire que ce stand faisait rêver. Les lots étaient en fait attachés par de minces ficelles pour la plupart déjà bien effilochées, et d'un tir bien ajusté il fallait sectionner la ficelle pour remporter le lot qu'elle retenait. Et quels lots ! Des vélos, des vrais petites motos, des carabines, des transistors, des radios-cassettes, des voitures télécommandées...tout un tas de trésors à portée de plomb ! Plusieurs fois il toucha la ficelle de l'objet convoité mais celle-ci ne céda pas. Nous l'entourions de nos encouragements et conseils plus ou moins avisés sous les yeux du forain amusé qui se pris au jeu...jeu de dupe pour une mécanique bien huilée car bien sûr il était impossible de gagner quoi que ce soit à ce tir. Nous ragions pour notre copain et quelques uns d'entre nous, moi compris, tentèrent leur chance, mais sans succès. Je flairai l'imposture mais je n'arrivait pas à comprendre de quoi elle retournait : réglage de la carabine ou sa trop faible puissance ? Forme des plombs ? Face à cette situation mon imagination d'enfant s'enflamma, je me rêvais être l'Homme Invisible dans la série avec David McCallum que nous regardions à la télévision, et complice invisible de mes copains tireurs, je m'imaginais couper les ficelles traîtres libérant ainsi les lots convoités devant la mine déconfite de ce voleur de forain.

Nous nous échappâmes de ce stand maudit. Nous ne nous approchions pas des loteries sans intérêt à nos yeux, juste des confiseries car nous adorions les cacahuètes enrobées de caramel et les nougats. Pendant que nous dégustions nos sucreries et autres barbes à papa, nous déambulions au milieu des manèges et des gens. Un petit groupe attira notre attention : des grands – c'est à dire des gamins de dix huit ans tout au plus – cranaient à grand renfort de gestes provocants devant le jeu de punching-ball. Chacun leur tour ils envoyaient de grands coups de poings dans le punching-ball et comparaient bruyamment leurs scores prenant à témoin un petit groupe de trois ou quatre filles de leur âge qui rigolaient faisant mine d'être indifférentes à cette démonstration toute masculine.

Nous arrivâmes enfin devant les tirettes Plaisir d' Offrir. C'était pour nous de véritables cavernes d'Ali Baba car nous pouvions récupérer des pistolets à amorces, des pétards, des araignées ou serpents en plastique et autres gadgets...Il suffisait d'insérer une pièce de un franc et de tirer sur un tiroir qui délivrait une boite en carton dans laquelle on trouvait un objet plus ou moins en relation avec le sujet choisit. Nous n'étions jamais certain de ce qu'il y aurait dans cette boite, juste que ce serait une chose plus ou moins en lien avec les modèles exposés dans la vitre au-dessus des tiroirs. Nous en avons laissé des pièces là-dedans ! Surtout pour les pétards ficelle dont on truffait nos maisons pour piéger les adultes. On attachait les ficelles aux poignets de portes, aux contrevents, et le pétard éclatait lorsque la personne ouvrait la porte; aux pieds de chaises et à la table de la cuisine, et le pétard éclatait lorsque la personne tirait la chaise à elle; aux lacets des paires de chaussures dont une des chaussures était scotchée au sol, et le pétard éclatait lorsque la personne prenait la chaussure libre...nous avions une imagination débordante, et j'avais même trouvé un moyen de piéger la boite aux lettres de mes parents. Bref les pétards ficelle avaient un vrai succès, ils ont été à l'origine de beaucoup de cris de peur ou de surprise de nos mères et grands-mères, et d'engueulades à notre égard...voire d'un ou deux coup de pied au cul !

Chez mes grands-parents maternels j'étais toujours dehors avec mon oncle Jean-Pierre et mon grand-père Henri : sur le tracteur, dans le camion, aux champs, ils me faisaient participer aux travaux et à leurs activités, ce qui canalisait grandement mon énergie. Et puis j'étais fier de «conduire» le tracteur, monter les cageots de salades sur le plateau, remplir les sacs de carottes, ou trier les pommes de terres sur le tamis de l'arracheuse... J'étais heureux de tout cela, d'être avec "les hommes" comme disaient mes grands-mères et comme on disait à l'époque. Je me levais tôt juste après mon grand-père pour déjeuner et partir avec lui et mon oncle. J'avalais rapidement mon chocolat au lait et les biscottes beurrées pour sortir avec eux et les rejoindre dehors. L'hiver ma grand-mère m'imposait sous-pull, pull-over, veste chaude, et bien sur la casquette fourrée avec ses rabats sur les oreilles. Elle trouvait souvent que je sortais trop tôt, et que j'aurai dû rester encore un peu au lit. Nous dormions à l'étage, dans deux chambres face à face séparées par un couloir dont le plancher en bois très vieux gémissait à chaque sollicitation de ses lattes. Dès que j'entendais la porte de la chambre de mes grands-parents s'ouvrir, je me réveillais. Mon grand-père faisait doucement mais ne pouvait empêcher les grincements du plancher, puis des marches de l'escalier en colimaçon, en bois lui aussi, et vieux de plus de cent ans. Après avoir avalé son café, Papé téléphonait à un mandataire qui lui commandait la marchandise : le bruit caractéristique de la numérotation téléphonique des appareils de l'époque reste dans ma mémoire, le retour du cadran circulaire résonnait dans la salle à manger en remontant jusque dans la cage d'escalier. Sans comprendre les paroles j'entendais la voix grave de mon grand-père puis il raccrochait et partait faire sa toilette dans la salle de bain. Ma grand-mère descendait à son tour, quelquefois elle descendait avant lui pour préparer le café. J'attendais quelques minutes, puis je descendais à mon tour et arrivait dans la cuisine les yeux éblouis et plissé à cause de la lumière électrique. Ma grand-mère déjeunait d'un bol de café au lait et de plusieurs tartines du pain de la veille qu'elle avait fait griller sur un antique grille-pain plat qu'elle mettait à même sur le feu de la gazinière et qui dégageait une bonne odeur de pain grillé. Immanquablement, faussement surprise, elle me lançait avec un sourire :

- " Tu es déjà debout !?"

Mon grand-père sortait de la salle de bain après s'être rasé, arrivait dans la cuisine et me trouvait attablé devant mon petit déjeuner. Il souriait, pas surpris lui non plus de ma présence, peut-être fier aussi que je sois déjà là :

- " Bonjour Kikié, bien dormi ?"

Il se penchait vers moi pour m'embrasser sa main épaisse empoignant ma petite épaule, et j'appliquais un bisous sur sa joue qui sentait l'eau de Cologne.

Mon grand-père et mon oncle se levaient donc très tôt, buvaient un café et partaient au travail. Ils revenaient à la maison vers 09h00 et s'installaient sur la table de la cuisine de chez mes grands parents pour déjeuner : pâté, saucisson, restes du repas de la veille et fromage avec le pain frais car entre temps la boulangère était passée et avec elle le porteur du journal Sud-Ouest. Mon grand-père finissait toujours ce déjeuner avec la lecture rapide du journal. Puis dans le claquement sec caractéristique il fermait son couteau qu'il mettait dans sa poche de pantalon, un solide bleu en coton épais, et tous les deux repartaient à leurs travaux. Ils ne rentraient que vers midi pour le repas, quelquefois plus tard en fonction de la saison et des travaux en cours...ou des incidents mécaniques des engins agricoles qui les avaient retardés dans leurs affaires.

A droite à gauche

Je l'ai dit, jeune enfant j'avais l'énorme chance d'être entouré de jeunes oncles et de tantes ainsi que de leurs amis proches. J'étais souvent avec eux et cette petite communauté me trimballait le week-end au gré de leurs activités.

Un autre évènement a fortement exacerbé cette situation : c'est la maladie génétique de ma petite sœur.

Karine est née le 02 octobre 1972 et sa maladie s'est déclenchée quelques mois plus tard. Elle passait la plupart du temps à crier et hurler, mêlant pleurs et gémissements. Elle ne dormait pas les nuits, pleurant et criant de même. Le seul moyen qu'avaient trouvé mes parents pour la calmer était de la promener dans sa poussette la nuit dans les rues du village, et la journée, ils la promenaient en voiture : le mouvement semblait seul l'apaiser. Nous ne comprenions pas ce qu'avait ma petite sœur Karine, l'origine de son état, et nous étions impuissants à trouver des solutions à ses troubles et ses comportements. Les médecins eux-mêmes n'avaient pas de réponses claires. Mes parents sont allés voir de nombreux spécialistes et psychologues en tous genres, voire sans le savoir des charlatans. Ma mère et ma sœur ont aussi passé plusieurs jours à l'Hôpital des Enfants de Bordeaux où les médecins ont effectué de nombreux et divers examens, et des électroencéphalogrammes dont le casque épais de fils électriques transformaient ma petite sœur en bête de laboratoire dans la lumière blafarde des salles d'examens de l'époque.

Le handicap, l'autisme et le regard que l'on portait sur les maladies génétiques dans les années 1970 n'était pas du tout celui d'aujourd'hui. Aujourd'hui l'évolution de la société, les films à succès sur ce sujet-là, les progrès de la médecine font beaucoup moins des autistes des « personnes à part », des personnes « cachées ». Bref aujourd'hui les personnes handicapées et les autistes, malgré leurs difficultés et problèmes inhérents à leur état physique et psychologique, sont beaucoup mieux acceptés dans notre société qu'il y a cinquante ans.

L'état de Karine a peu à peu empiré avec une perte de la motricité, et une absence totale de paroles et de langage. Ses seuls moyens de communication étaient le regard et les cris, et dans les moments positifs les sourires et les rires. Elle n'a jamais parlé, a toujours marché avec de grandes difficultés, et n'a jamais vraiment grandi traversant les années avec sa même taille de jeune adolescente.

A l'époque mes parents ont vécu des années terribles de fatigue physique et psychologique, essayant tant bien que mal de poursuivre une vie normale alors même qu'ils étaient brisés de chagrin et de désespoir de voir leur fille dans cet état. Ils ont traversé chacun des dépressions, mais sont restés forts et unis face à cette injustice et adversité que leur imposait le destin. J'ai vu ma mère à bout, en pleurs, au plus fort de sa dépression, appuyée sur la table de la cuisine me donnant son porte monnaie en me demandant d'aller chercher à manger chez Monsieur Cla le boucher. Je partais en trottant, rentrais dans la petite boucherie, ne sachant quoi demander, et au moment de payer je donnais directement le portefeuille à Monsieur

Cla qui prenait l'argent et remettait la monnaie. Je ne doute pas un instant de son honnêteté, mais je n'oublierai jamais le regard gêné qu'il a échangé avec Christian son ouvrier. Tous les commerçants au Taillan connaissaient la situation de mes parents sans bien savoir, comme nous d'ailleurs, en quoi retournait exactement la maladie de ma sœur.

J'essayais à mon niveau d'aider mes parents, surtout ma mère. J'ai appris très tôt à repasser le linge, les choses simples, les serviettes ou tee-shirt. Une fois que j'avais terminé, je mettais un petit mot sur le linge soigneusement plié : « pour maman ».

Mais le quotidien était très dur et j'ai passé de nombreuses années avec ancrées en moi une sourde colère et une violence latente qui me tordait les tripes envers ce destin qui avait meurtri injustement notre petite famille.

C'est donc pour me protéger un peu de ce qui ce passait à la maison, pour que je puisse aussi trouver du temps de sommeil, que le week-end j'ai connu une période où j'allais de maisons en maisons chez mes oncles et tantes et les amis de mes parents.

J'en ai retiré dès mon plus jeune âge une riche

expérience de vie, de partage et surtout de découvertes de « cultures familiales » différentes de chez moi : chez les parents de mon copain Philippe chacun pouvait piocher à la main une frite dans le plat avant de se servir, et chez Bernard et Maryvonne, des amis proches de mes parents, le chien pouvait avoir sa place assis sagement sur une chaise à table. Mais ce qui m'a beaucoup marqué dans les nombreuses maisons et maisonnettes où j'ai séjourné, c'est le temps qu'il fallait attendre quand j'étais sous la douche pour que l'eau chaude arrive ! Dans certaines maisons c'était presque immédiat car le chauffe-eau était dans la cuisine, dans d'autres il fallait attendre longtemps. En tous cas cette expérience m'avait marquée, et des années plus tard, lorsque devenu adulte j'ai dessiné les plans de ma propre maison, j'ai fait en sorte que toutes les pièces d'eau (salle de bains, cuisine, toilettes) soient d'un seul et même côté de la maison contre la chaudière elle-même située dans le garage intérieur : l'arrivée de l'eau chaude dans ma salle de bain est immédiate ! Et pourquoi le garage intégré dans la maison avec accès direct dans la cuisine ? Hé bien parce que je n'avais pas oublié les allers et venues entre la voiture et la maison en courant sous la pluie drue pour décharger le véhicule en rentrant des courses !

Chaque maison et ses habitants avaient leurs particularités, leurs styles de vie, leurs façons de faire la cuisine, des horaires de repas différents, des habitudes alimentaires différentes aussi, et quelques fois des fins de soirées différentes. Moi qui n'avais eu que mes grands-parents et parents comme références éducatives jusqu'à la maladie de ma sœur, j'ai découvert ensuite à partir de l'âge de huit / neuf ans, d'autres foyers, d'autres maisons où les façons de vivre étaient différentes. Cela a été pour moi enfant des découvertes, et un vrai apprentissage de la vie. J'ai dû m'adapter à chaque environnement, à chaque situation nouvelle, et je dois dire que cela m'a beaucoup servi dans la vie par la suite.

Par exemple à l'époque la télévision régnait en maître et certaines émissions étaient déjà cultes. Je m'intéressais beaucoup au cinéma, j'aimais les western et les films d'aventure, et mes parents m'autorisaient à regarder les «

Dossiers de l'écran » sauf lorsqu'il y avait le carré blanc signalant un film non destiné aux enfants. Mais dans d'autres maisons il m'est arrivé de regarder des films flanqués du carré blanc.

Dans d'autres maisons par contre la télévision n'occupait que peu de place pour la famille. C'était le cas chez mon copain Jean-David où s'était plutôt la musique qui avait une grande importance. Son père était un musicien passionné et il adorait aussi la lecture et les échecs auxquels il m'a initié. La mère de Jean-David était professeur d'anglais et j'ai découvert le matin les petits déjeuners anglais et un peu de cette culture anglaise distillée au quotidien dans un univers musical anglo-saxon omniprésent.

Je dois aussi préciser un élément important ayant participé à mon immersion sans trop de « filtres » chez ces différentes personnes : que ce soit dans la famille proche ou chez les amis de mes parents, la plupart des couples chez qui j'allais n'avaient pas encore d'enfants. Ils vivaient leur vie d'insouciance, de sorties et de fêtes de jeunes adultes comme on peut se l'imaginer dans ce milieu des années 1970, et j'en ai grandement profité pour ma plus grande joie d'enfant.

Chez mon oncle Claude, le frère de mon père, et sa femme ma tante Evelyne, c'était la liberté totale, très souvent initiée par ma tante. Je revois mon oncle et ses yeux très bleus riant aux éclats me poursuivant tandis que j'essayais de lui échapper en vélo, et ma tante riant aussi faisant semblant de retenir son mari. Lorsqu'ils habitaient dans le bourg du Taillan je pouvais aller et venir à ma guise, et plus tard quand ils ont pris un logement toujours au Taillan mais le long de la grand route, je pouvais aller retrouver mes copains pour jouer dans l'allée. Ils recevaient souvent des amis le week-end, et un jour qu'ils recevaient un couple qui avait un garçon de mon âge, ils nous donnèrent à tous les deux une cigarette. Nous avons crapoté dans le jardin en jouant les grands, les yeux larmoyant de fumée tandis que les adultes consommaient la nuit bien avancée dans d'interminables parties de cartes sur un fond de musique endiablée.
Un jour ils m'ont amené avec eux pour un grand week-end en Espagne avec un couple

d'amis. C'était en hiver car il y avait de la neige, et sur le chemin qui menait à l'hôtel nous avons fait une bruyante bataille de boules de neige. Je ne sais pas quelle était l'actualité de l'Espagne à l'époque de cette virée, mais il y avait pas mal de policiers sur les routes, et à chaque fois que nous les croisions en voiture, les deux couples criaient en riant :
- « Estudiantes ! Estudiantes !

Chez Maryvonne et Bernard Etienne, des amis proches de mes parents, c'était ambiance beatnik. Bernard était un ami d'enfance de mon père, bien qu'un peu plus jeune que mon paternel, ils avaient grandi ensemble. Mais Bernard lui avait oublié de grandir. C'était un grand gamin, qui plaisantait toujours, qui rigolait tout le temps, et qui se foutait d'à peu près tout. C'était le copain idéal toujours de bonne humeur, et qui mettait le feu partout où il passait aux moyens de gags, jeux de mots ou pitreries. Un jour il s'était présenté à genoux à la caisse du cinéma de Lacanau en imitant une voix d'enfant et en exigeant le tarif réduit. Tout le monde était parti d'un éclat de rire, y compris l'ouvreuse, car Bernard avait en plus une belle moustache noire qui lui barrait le visage. Heureusement sa femme Maryvonne était plus posée, et riait de l'immaturité de son époux. Elle était bretonne et avait ramené de sa région d'origine une immense crêpière ronde qui fonctionnait au gaz, et sur laquelle elle faisait de délicieuses crêpes salées et sucrées. C'est chez eux que j'ai mangé pour la première fois de ma vie des vrais crêpes salées au sarrasin farcies et garnies.

Ils étaient tous les deux adorables, d'une gentillesse incroyable.

Ils avaient un chien, un teckel noir, mignon mais un peu débile. Bernard le rendait fou : il collait son visage sur le museau du chien et les yeux fermés ne bougeait plus quelques instants. Puis tout à coup il imitait un aboiement tonitruant qui faisait bondir le chien de surprise et de peur en aboyant dans toute la maison. Maryvonne arrivait en courant en demandant ce qui se passait. Bernard haussait les épaules l'air innocent :

- « je ne sais pas, il est bizarre ce chien…je crois qu'il a un pet au casque ! »

Une fois j'étais en train de lire une bande dessinée devant leur cheminée. J'aimais cet endroit car il fallait descendre trois marches pour accéder à la cheminée en léger contrebas de la pièce, et devant le foyer, les marches élargies servaient de fauteuil. On était alors au même niveau que le feu, et sa chaleur nous étreignait directement. J'entendis tout à coup des miaulements de chat de plus en plus forts, puis des bruits comme s'il y avait deux chats en train de se battre. Le chien bondit aussitôt en dérapant sur le carrelage, et couru en aboyant vers la cuisine. D'un seul coup les bruits cessèrent. Quelques minutes après c'est moi qui faisait un bond : les deux chats étaient en train de se battre au-dessus de ma tête. Je me retournais effrayé, et là je restait bouche bée. C'était Bernard qui imitait à la perfection la bataille de chats, les cris perçants des félins. Le chien accouru en aboyant comme un fou, Bernard en rajouta en faisant des bonds et mimant de se jeter sur le teckel qui maintenant était hystérique !

J'ai passé de beaux week-end de rires chez Bernard et Maryvonne, mais des moments de calme aussi lorsque nous jouions au Monopoly tous les trois. Je revois Bernard agiter exagérément sa cigarette sous le nez de sa femme pour détourner son attention tandis que discrètement de son autre main il essayait de chiper une poignée de billets dans la banque du Monopoly tenue par Maryvonne. Il faisait toujours le pitre pour ma plus grande joie !

Et bien sûr j'adorais aller en voiture avec Bernard. Il avait à l'époque une sportive, une Alpha Roméo. Je ne peux dire quel était le modèle, seulement qu'elle avait les roues arrières légèrement inclinées, qu'elle avait un son de sortie d'échappement qui faisait tourner la tête des passants, et qu'elle était plus basse que les voitures classiques car j'y montais très facilement. Bernard se mettait au volant, enfilait des mitaines de conduite en cuir, ajustait ses lunettes de soleil, et démarrait en trombe ! Qu'est ce que j'aimais ça ! Je pense qu'il en rajoutait aussi, mais il est indéniable qu'il aimait la vitesse, les sportives et sa passion était communicative. En tous cas moi je n'aurai donné ma place pour rien au monde. L'Alpha Roméo de Bernard s'était quand même quelque chose !

Le drame que nous avons vécu mes parents et moi avec la maladie de ma sœur a bouleversé notre vie, transformé notre quotidien, et nous a laissé pendant longtemps dans l'incompréhension la plus totale. L'impossibilité de trouver des explications sur sa pathologie, d'identifier le mal dont elle souffrait a participé à l'abattement de mes parents et à l'infinie tristesse qu'ils ont traîné pendant des années.

Par la suite nous avons dû accepter l'impossibilité de la soigner, l'inexistence de traitements, l'absence de solutions à son état de santé. Cette maladie génétique ne se soigne pas. Et c'est cela le plus terrible, c'est d'accepter qu'il n'y ai aucun espoir de guérison, d'amélioration, et que tout au contraire, son état ne fera que se dégrader au fur et à mesure des années jusqu'à l'issue fatale.

Je me suis aussi construit avec cela, prenant conscience très jeune qu'une vie peut brutalement basculer, et que finalement trouver une mort accidentelle n'est pas le destin le plus terrible. En tous cas à mes yeux.

Entre l'âge de 12 et 22 ans, j'ai eu malheureusement pas mal de copains qui ont laissé leur vie dans les accidents de voiture, de moto, ou de vélo, et je revois encore aujourd'hui leurs visages. Mais au-delà du choc et de la tristesse qui m'étreignait à l'annonce de la nouvelle, ma première pensée allait à leurs parents et frères et sœurs, et ma seconde pensée allait à eux en espérant qu'ils n'aient pas souffert dans l'accident. C'était des drames certes, mais à mes yeux, il valait mieux l'absence ou la disparition plutôt qu'un quotidien de merde et de désespoir pendant des années.

La maladie de ma sœur m'a très tôt endurci, a fait de moi trop tôt un enfant lucide de certains drames de la vie. Cela a fait naître en moi une farouche volonté de survie, de vivre mes envies, de construire et d'aboutir dans mes projets. Même si j'ai bien conscience d'être né dans un milieu social favorisé, je me suis toujours battu pour arriver à mes fins car comme je voulais vivre pleinement, intensément, je me mettais la barre assez haute.

Par rapport aux petits maux du quotidien j'étais plutôt dans un état d'esprit « marche ou crève ». Je considérais que finalement, quoique je puisse avoir, j'irai toujours mieux que ma sœur, et qu'à ce titre là, le destin m'ayant épargné, je n'avais qu'à fermer ma gueule et avancer. Je suis donc longtemps resté sourd aux rhumes, gastros ou autres petits bobos ou blessures sportives que je ne considérais que comme des petits désagréments.

J'ai pu avoir des réactions brutales avec certaines personnes. Quand vous avez une sœur dont il n'existe aucun médicament pouvant soigner sa pathologie, vous ne comprenez pas pourquoi certaines personnes ne prennent pas les médicaments existants qui peuvent soulager leur douleur.

Oui je l'avoue j'ai été brutal :

- « Qu'est ce que tu as, ça ne va pas ? »

- « Oui j'ai mal à la tête depuis ce matin »

- « Ah bon, tu as pris un cachet ? »

- « Non non, ce n'est pas la peine »

- «...tu peux te soigner et tu ne le fais pas ? Alors tu fermes ta gueule, tu ne fais pas chier, et tu souffres en silence comme un connard...tu crois quoi ? Que parce que tu souffres tu vas aller au Paradis ? »

Oui effectivement c'est brutal, et je n'arrivais

pas à contrôler ma colère. J'avais une telle haine contre le destin. J'avais une quinzaine d'années lorsque j'ai craché ces paroles à un copain, et je ne me suis jamais excusé.

J'ai longtemps emporté dans mon cœur une violence latente, comme le feu d'un volcan qui couvait en moi, et de temps en temps cela explosait, malheureusement pas toujours à bon escient.

Un jour, j'avais à peine vingt ans à l'époque, ma petite copine m'a dit :

- « Pourquoi parfois quand tu rigoles, même des fois aux éclats, j'ai l'impression que tes yeux ne rigolent pas ? »

Elle passait tendrement ses doigts dans mes cheveux en me souriant amoureusement. J'ai posé ma tête dans le creux de son épaule, et j'ai éclaté en sanglots.

Ce n'est qu'avec la naissance de mes filles c'est à dire à l'âge de 34 ans que le volcan s'est apaisé, que la chaleur de la haine et de la colère s'est transformée peu à peu en chaleur d'amour, d'attention et de tendresse. Je me battais maintenant aussi et surtout pour mes enfants.

Merci mes filles, vous êtes les trois plus belles choses qui me soient arrivées !

La tuaille du cochon

Autrefois dans les campagnes chaque famille ou presque avait un parc à cochon à proximité de la maison où elle y engraissait un ou plusieurs porcs. Ce que nous appelions un parc à cochon était en fait une petite cabane en dur, en général construite en parpaings, et agrémentée pour les porcs les plus chanceux d'un petit enclos construit aussi en dur qui leur permettait de se dégourdir les pattes et de respirer à l'air libre. Chez mes grands-parents maternels, en plus du parc à cochon traditionnel, les hommes avait clôturé un grand espace où les porcs pouvaient courir, retourner la terre et se gratter les flans sur les troncs de quelques acacias. Ce parc était ceinturé d'une clôture de fils électriques, et lors de son installation ils s'étaient demandés si la puissance du courant était suffisante pour stopper les porcs les plus curieux et leur passer l'envie de prendre la tangente. Ils en étaient là de leurs réflexions, lorsque mon oncle jamais

avide de plaisanterie apostropha d'un ton sérieux ma tante Annie qui passait par là :
- « Touche le fil pour voir s'il te plaît ! »
Très certainement absorbée dans ses pensées, cette dernière empoigna machinalement le fil de fer. Aussitôt elle poussa un cri strident en faisant un grand bon en arrière. Tous éclatèrent de rire, et les larmes aux yeux :
- « Ben c'est bon, il y a assez de jus ! »

Enfant j'ai toujours connu les parcs à cochons qui jouxtaient les maisons et propriétés voisines. Il faut savoir que depuis le Moyen-Age le porc constituait une des viandes principales pour les habitants de notre pays, et jusque dans l'immédiat après-guerre il est resté un complément alimentaire important : hormis le pot au feu du dimanche accompagné des légumes du jardin, la viande rouge était pour la plupart des familles un luxe réservé aux repas de fête, aussi la consommation de viande était essentiellement celle du poulailler ou issue de la cuisine annuelle du cochon déclinée en nombreuses variantes et spécialités. Ce n'est qu'avec le début de la période des Trente Glorieuses et surtout dans les années 60's que le niveau de vie en France s'est amélioré et a progressé rapidement avec l'élargissement de l'offre alimentaire et des produits finis et manufacturés. Néanmoins dans les campagnes l'habitude d'élever un ou plusieurs porcs est restée ancrée car il était très avantageux de transformer l'animal en jambons, saucissons, grattons, pâtés...et outre le fait que cela apportait des réserves de nourriture abondantes et à portée de main, c'était un élevage facile. De plus l'abattage, la préparation et la cuisine de l'animal étaient parfaitement maîtrisés depuis des générations.

Ma famille du côté de ma mère a donc continué d'élever des porcs jusqu'au début des années 80's. Ces derniers étaient achetés jeunes et sevrés, puis élevés pendant plus de 10 mois pour être tués en hiver durant les mois les plus froids, en général au mois de janvier ou février.

Nous les enfants, nous avions l'interdiction absolue de nous approcher du parc à cochon, les adultes ayant peur de nous surprendre assis sur le muret pour voir le bestiau de plus prés risquant ainsi une chute dans le parc qui aurait pu nous être fatale. Ils nous racontaient des histoires plus ou moins vraies où des cochons avaient dévoré des enfants maladroits ou inconscients qui étaient rentrés dans le parc. Ces histoires qui nous étaient répétées à longueur de temps d'un air sévère étaient étayées au quotidien par les moult précautions non feintes que prenaient mes grands parents pour nourrir le cochon, ce qui à nos yeux d'enfants rendait ces histoires affreusement crédibles.

J'adorai tôt le matin accompagner ma grand-mère nourrir le cochon. Elle préparait dans un seau une mixture de pommes de terre, de restes de légumes divers, et quelques fois de restes de cuisine. Nous allions ensuite porter le seau jusqu'au parc à cochon, ma grand-mère avançant penchée d'un côté le bras gauche à l'horizontale pour compenser le poids du seau rempli. La voyant dans l'effort je voulais l'aider et tenait l'anse du seau dans ma petite main gauche, mais en fait je la gênait plus qu'autre chose ne pouvant qu'accompagner les balancements de l'ustensile. Arrivée au parc elle ouvrait un énorme bidon en ferraille contenant la farine d'engraissement, et avec une vielle boite de conserve qui servait de mesure, elle saupoudrait la mixture qu'elle versait ensuite dans la tosse. Le cochon déjà alerté par le bruit caractéristique de l'ouverture du couvercle de fer du bidon attendait sa pitance en grognant. Dès que ma grand-mère versait le contenu du seau, l'animal se précipitait sur ce mélange peu ragoûtant et le dévorait à grands bruits de succion et de grognements effrayants. Je regardais hypnotisé ce spectacle, et comme ma grand-mère me voyait impressionné et peut être peu rassuré, elle rajoutait histoire d'en remettre une couche :

- « Surtout ne t'approche jamais, tu vois comme il pourrait te manger !»

C'est vrai que pour un petit enfant c'était quand même impressionnant, surtout que dans les années qui ont suivi, mes grands parents maternels ont élevé jusqu'à quatre cochons qui étaient partagés entre tous leurs enfants et Gilbert Bourgès le tueur (de cochons !) qui venait tous les ans. Bien que je ne risquais absolument rien, devant le spectacle des quatre porcs se disputant à grands bruits et dans la bousculade la nourriture matinale, les pieds de devant dans la tosse, leur large torse en avant, grondant et reniflant, je montais par précaution sur le gros bidon de farine et m'y tenait sagement accroupi et peu rassuré tout de même.

Un jour je remarquais une effervescence peu habituelle dans la maison chez mes grands parents. Mon arrière grand-mère Henriette lavait depuis deux jours des pots de gré marrons et beiges que nous appelions des « carottes », de la vaisselle, des bassines, tandis que ma grand-mère Raymonde s'occupait de piles de serviettes et pliait soigneusement des vieux draps après les avoir découpés en larges carrés. Les hommes avaient rangé le matériel dans la grange du bas pour faire de la place, avaient balayé et nettoyé le sol de ciment, et installé d'anciennes portes sur des tréteaux pour faire de longues tables.
Assez intrigué je posais alors mes questions, et mamé Raymonde me répondit le plus naturellement du monde :
- « On va tuer le cochon demain ! »
Je ne me souviens pas avoir eu de réaction particulière, juste peut être de la curiosité.
- « Je pourrai aller avec Papé ? »

67

- « Oh non ce n'est pas pour toi, et puis tu es trop petit pour tenir le cochon »

Je devais avoir six ou sept ans, pas plus, et je me souviens de ma frustration née de la curiosité de cet évènement. Quoi qu'il en soit, j'ai dû être convainquant ou me lever plus tôt que d'habitude, car j'ai effectivement accompagné mon grand-père avec les hommes même si je ne me souviens plus de tout le monde. Il y avait Gilbert bien sûr, puis mon oncle Jean-Pierre et très certainement mon père, et aussi le cousin Didier, jeune adolescent, et deux ou trois autres personnages.

C'était très tôt le matin, il faisait froid et ma grand-mère m'avait enfoncé d'autorité mon bonnet de laine jusqu'aux oreilles. Je me souviens avoir mis mes bottes en plastique en même temps que mon grand-père enfilait les siennes ne voulant pas le retarder ou être un poids pour lui, ce qui aurait eu pour conséquences immédiates mon retour illico à la maison. Nous nous dirigeâmes vers le parc à cochon point de rassemblement des hommes qui avaient déjà préparé tout le matériel sûrement la veille. Arrivés au parc, mon grand-père me souleva dans ses bras et me posa sur le siège du tracteur auquel était attelé le plateau qui servirait à porter le cochon dans la grange du bas une fois qu'il serait mort. J'étais donc en sécurité en hauteur et en première ligne pour le spectacle. Les hommes avaient installé un genre de banc devant le parc à cochon puis se préparèrent à récupérer l'animal, chacun connaissant son rôle. Ils le sortirent et le guidèrent, puis le forcèrent avec peine à se coucher sur le côté. Le cochon imposant ne se laissait pas faire, gigotait et hurlait de terreur ou de rage faisant un vacarme de tous les diables. Gilbert enroula son bras puissant autour du cou de la bête tandis que les autres hommes lui saisirent les pattes et le maintenaient de tout leur poids. L'animal remuait, grognait, hurlait, essayait de donner des coups de tête, et moi hypnotisé j'étais maintenant debout sur le tunnel de boite à vitesses agrippé au volant du tracteur. D'un seul coup, par un large mouvement circulaire, Gilbert enfonça un long couteau dans le cou du cochon hurlant, le sang chaud gicla aussitôt par cette large blessure, et s'écoulait comme une fontaine dans une énorme bassine de fer blanc en dégageant une légère condensation qui s'élevait dans l'air froid de ce matin d'hiver. Cette vision m'impressionna, je me senti mal, et avec le recul je pense que je devais être aussi blanc qu'un linge. Les hommes tout à leur affaire ne s'occupaient pas de moi, n'y pensaient même pas. Le sang s'écoulait moins vite, le cochon remuait moins, et hurlait moins fort, mais Gilbert maintenait implacablement son étreinte. Rapidement le cochon ne bougea plus, le sang s'arrêta de couler du trou béant, mais ce sang chaud dans la bassine dégageait toujours comme une légère vapeur.

J'ai gardé longtemps avec moi cette vision du cochon se faire égorger, et je pense que j'en ai été limite traumatisé, ayant été visiblement bien trop jeune pour assister à ce spectacle. C'est peut être la raison pour laquelle j'ai toujours mal supporté la vue excessive du sang, et c'est toujours le cas aujourd'hui.

Néanmoins c'était la vie de la campagne et à l'époque on faisait peu de cas des éventuelles sources de traumatisme liées au quotidien, en tous cas bien moins qu'aujourd'hui. C'est pourquoi j'épargne au lecteur la mise à mort des lapins par ma grand-mère, ainsi que celle des canards même si cette exécution nous attirait mon cousin Laurent et moi car elle pouvait être rigolote. Il arrivait en effet après le coup de serpe fatal qui lui tranchait sa tête que la bestiole échappe des mains de son bourreau et file à toutes pattes sur quelques mètres sans sa tête ! Ce qui ne manquait pas de déclencher nos fous rires.

Concernant la mort du cochon, je n'ai jamais fait état aux adultes que j'avais été impressionné. Par ailleurs il me semblait aussi logique de ne pas en parler, car enfin c'est quand même moi qui avais bien insisté pour y assister, non ?

Pour en revenir donc à la mort du cochon, quand il fut certain que l'animal était bien mort, Gilbert desserra son étreinte et se releva. J'ai le souvenir que les hommes en se relevant avaient aussi le sourire et commentaient le combat de l'animal et le leur aussi. Mais je pense aujourd'hui qu'il devait bien en avoir un ou deux qui devaient être aussi blancs que moi !

Gilbert d'une voix puissante s'écria :

- « Bon maintenant il faut mesurer la queue du

cochon, c'est la tradition ! »

Puis il rajouta en regardant Didier :

- « Tu es le plus jeune, je vais te faire voir comment il faut faire »

Devant les hommes intrigués et certains amusés qui connaissaient la blague, il l'amena derrière l'animal allongé, tira doucement la queue du cochon à l'horizontale, et en même temps qu'il lui pris la main il lui dit :

- « Tu mets ton doigt à la base de la queue et on va voir si elle va au-delà de ton poignet »

Didier trop jeune et naïf posa son index tendu à la base de la queue, et avant même d'avoir pu flairer le piège, Gilbert d'un geste brusque poussa sur son avant bras...et Didier se retrouva avec son index enfoncé dans le cul du cochon !

Les hommes s'esclaffèrent devant Didier tout penaud qui donnait le change en rigolant aussi.

La bassine pleine de sang fut rapidement amenée pour préparer le boudin et les sanquettes. De même les hommes basculèrent le cochon dans la maie, une sorte de cercueil en bois, pour l'opération suivante qui consistait à éliminer les poils de l'animal. Pour ce faire, le cadavre du porc était rapidement ébouillanté afin que les poils puissent être plus facilement raclés et enlevés. L'eau bouillante était versée au moyen de grandes casseroles, puis la peau aussitôt grattée avec des racloirs afin d'éliminer les poils. Ensuite la dernière opération consistait à enlever les ongles de chaque patte au moyen d'un genre de pince-crochet en fer.

Lorsque les hommes eurent terminé, Gilbert empoigna une grande et lourde échelle de bois et donna ses instructions. Les hommes empoignèrent le cochon par les pattes et le roulèrent sur l'échelle dos contre les barreaux. Là ils l'attachèrent solidement, puis ils redressèrent l'échelle verticale contre le mur de la grange, le porc se retrouvant en position debout la tête regardant curieusement les nuages. Je pus alors me rendre compte de l'imposante stature de la bête qui dépassait largement en hauteur et en largeur le plus costaud des adultes. Toute l'assemblée s'était approchée de l'animal chacun allant de ses commentaires.

Puis Gilbert en maître de cérémonie revêtu un long et large tablier de plastique fin qui lui descendait   jusqu'aux chevilles. Il s'avança vers la carcasse en aiguisant énergiquement un couteau à fine lame. En expert il pratiqua une légère incision bien précisément entre les deux pattes de devant jusqu'à l'entrejambe de l'animal. Il repassa plusieurs fois très délicatement et à petits coups successifs dans cette entaille afin de couper les différentes couches de peau, puis collé contre la carcasse il vida à pleines mains l'animal, récupérant adroitement les viscères dans son tablier. Ses mains et ses bras maintenaient l'horrible micmac contre lui dans la poche qu'était devenu son tablier, alors il pivota vers la longue table sur sa droite et déposa l'ensemble fumant dans un dernier effort. Rapidement il isola la vessie, et les hommes la jetèrent à quelques mètres où elle rejoignit dans l'herbe les ongles épars. J'étais subjugué de ce spectacle ! Contrairement à la mise à mort qui m'avait pas mal perturbé, je suivais avec intérêt les différentes étapes du découpage de la carcasse. J'admirai la dextérité de Gilbert qui isolait de la carcasse un à un chaque morceau, et lors de chaque découpe il donnait les instructions pour la préparation de la cuisine des différentes pièces de viande.

En quelques minutes il ne resta plus rien sur l'échelle, toute la carcasse était découpée en nombreux éléments sur les tables, et en bout de la dernière trônait, impériale, la tête du cochon qui, les yeux mi clos, semblait surveiller l'assemblée d'un air indifférent et dédaigneux.

Je ne me rappelle plus ensuite les détails de la cuisine, la seule chose dont je me souviens très bien c'est de mon père et de mon oncle Jean-Pierre qui tordent chacun les extrémités d'un grand torchon contenant les odorants et bouillants grattons qui viennent de finir de cuire : la graisse chaude s'écoule lentement de la pièce de tissu jusque dans une casserole, et ils plaisantent tous les deux.

La cuisine du cochon va durer deux jours afin de sortir les boudins, pâtés, grattons, rôtis..., les hommes et les femmes, toute la famille telle une fourmilière s'affairait dans de multiples allées et venues dans la grange, dans la cuisine, aux fourneaux, aux bocaux et à leur stérilisation...Quel travail ! Quelle effervescence ! Quelle ambiance de fête dans la préparation des cochonnailles !

Je me souviens du repas du dernier soir où

dans le brouhaha des différentes conversations et des énièmes commentaires sur le poids du cochon et les différentes étapes de la tuaille, nous goûtons les boudins enfin refroidis. Mon oncle Jean-Pierre les aimait bien relevés et poivrés, mon grand-père idem. Au-dessus de la table surchargée de cochonnailles et de bouteilles de vins rouge, les visages des adultes rayonnaient fatigués mais heureux. Chacun racontait ces deux jours, faisait le bilan avec son voisin ou sa voisine, parlait déjà du prochain cochon à tuer, Gilbert racontait à grands gestes ses anecdotes, la bruyante assemblée refaisait le week-end. Les voix fortes et mélangées résonnaient dans la grande pièce et jusque dans la cuisine. Moi j'étais blotti presque endormi contre ma mère. Enivré d'images et de sons, fatigué au bord du sommeil, je me sentais bien dans la chaleur de cette fin de long repas, et au milieu de tout ce bruit de conversations, de couverts et de verres qui s'entrechoquent, de ces rires. Les images de ces derniers jours me revenaient sans cesse comme une fête dont le roi était le cochon. Le roi est mort, vive le roi !

Passion naissante: Jeep, Dodge et GMC
(sur le terrain de Mérignac en revenant de
Carrefour)

1969 fut une année remarquable à plus d'un titre, et pas seulement érotique comme le chantait notre inénarrable Serge Gainsbourg ! L'Histoire retiendra les premiers pas sur la Lune de Neil Armstrong et Buzz Aldrin, ou le symbolique festival de Woodstock dont la liberté et le folklore fait encore pâlir d'envie toute une génération. En France c'est avènement de Concorde avion d'une beauté et fluidité incroyable qui devient la vitrine et l'image d'une France moderne et technologique. Mais plus modestement une petite révolution éclate dans notre monde local de la consommation : c'est l'ouverture de la grande surface Carrefour à Mérignac, et cet évènement annonce les évolutions à venir de notre société consumériste.

Lorsque j'étais enfant, parents et grands-parents faisaient leurs courses et achats quotidiens dans des petits commerces que nous appelons aujourd'hui "commerces de proximité".

Monsieur Cla le boucher du Taillan a vu défiler plusieurs générations dans sa boucherie : les galopins de la génération de mon père assistaient comme à un spectacle à la mise à mort du bœuf au merlin dans la grange juste en face de la boucherie. Par la suite l'abattage sur place étant devenu interdit, il se faisait livrer les carcasses des bêtes qu'il avait choisies au préalable, et j'étais impressionné de le voir lui et son ouvrier Christian porter les lourdes demi carcasses dans la chambre froide attenante à la boucherie.

Un autre commerçant incontournable de notre village était Philippe Pru le boulanger-pâtissier qui a vu lui aussi grandir ma génération car il était de celle de mes parents. J'adorai aller chercher le pain avec ma grand-mère Yvette car chez Philippe s'était magique : il fallait d'abord de la rue monter trois marches de pierres jaunes imposantes pour entrer dans sa boulangerie où nous étions reçu par sa femme la plupart du temps. La boutique sentait bon la farine et le pain car le fournil était juste en contrebas, et les jeunes gamins que nous étions se hissaient difficilement sur la pointe de leurs pieds pour lorgner les bocaux de bonbons multicolores et la pyramide de sucettes qui encombraient le comptoir. Mais ce que j'aimais le plus c'était les cigarettes en chocolat joliment présentés dans leurs paquets, et j'essayais malgré le papier qui enveloppait le chocolat de les garder un maximum de temps au coin de la bouche mimant les adultes tenant ma clope avec deux doigts.

Plusieurs années après devenus jeunes adultes, nous venions chez Philippe en fin de nuit à la sortie des night-clubs et autres bars ou boites de nuit chercher les croissants en passant par la porte basse extérieure du fournil. Ah cette odeur de pain chaud et de viennoiseries croustillantes ! Nous en dégustions souvent quelques unes sur place dans la douce chaleur odorante du fournil en discutant avec Philippe toujours accueillant, le sourire aux lèvres, pantalon blanc à petits carreaux gris et tee-shirt blanc immuables, une demi lame de rasoir calée entre ses doigts qui s'affairait à sculpter ses baguettes.

Oui lorsque j'étais enfant, dans chaque

agglomération, les petits commerces répondaient largement à la demande des habitants. Au Taillan nous avions une mercerie tenue par madame Etienne : son magasin tout en longueur, son meuble en bois de mercière aux multiples tiroirs d'où elle tirait des trésors, et son invraisemblable empilement de boites cartons le long des murs où pendaient à des cintres toutes sortes de vêtements faisait le bonheur des couturières et ménagères, car à l'époque les femmes reprisaient les vêtements de la famille jusqu'à ce qu'ils soient importables et transformés en torchons. Chemises, pantalons ou chaussettes avaient ainsi une durée de vie inconcevable de nos jours.

Nous avions aussi en bordure de la route départementale qui traversait le village, derrière trois platanes centenaires, un bâtiment tout en longueur agrémenté de larges vitrines : c'était le bureau de tabac-presse et la quincaillerie tenus par un couple inénarrable, monsieur et madame Constantin lesquels s'affairaient indifféremment à l'un ou l'autre des magasins tous deux communicants. Elle, elle s'appelait Josette, et lui, nous avions presque oublié son prénom car tout le monde l'appelait "Tintin". Nous ne disions pas "je vais au bureau de tabac", ou bien "je vais à la quincaillerie", non, nous disions "je vais chez Tintin":

- "Je vais chez Tintin chercher le journal"
-"Je vais chez Tintin chercher des pointes"
-"je vais chez Tintin voir si je trouve..."

Ce bureau de tabac-quincaillerie était un lieu de rendez-vous quotidien incontournable. Mon oncle Alain avec son humour bien connu ne manquais jamais de préciser :

-" Chez Tintin c'est l'aventure : tu vas là-bas pour acheter une clé de 11, mais il n'aura que la clé de 10 ou celle de 12. Comme tu as déjà ces deux clés chez toi, ben tu lui achètes des écrous et boulons de 10 ou de 12 dont finalement tu n'as pas vraiment besoin ! Tu étais parti pour acheter un truc, et tu reviens avec un autre truc, voire avec encore plus de trucs...du coup du ramènes un peu de son bordel chez toi...il est fort ce Tintin ! "

Cependant il faut bien reconnaître que la quincaillerie offrait un choix incroyable de produits : emballés ou pas, ils étaient installés sur des étagères surchargées, les marmites

81

jouxtant les amoncellements de vis, pointes et écrous de toutes les tailles. Sur un côté de la quincaillerie il y avait une petite porte toujours ouverte qui donnait sur un escalier descendant dans une petite réserve qui était pour moi une pièce mystérieuse car toujours plongée dans le noir. Je me souviens des pièges à oiseaux, des pièges à fil ronds et accrochés en grappe à une pointe de la chambranle, et aussi des cartons de toutes sortes entreposés sur les marches. J'avais demandé un jour à mon oncle Alain s'il savait ce qu'il y avait dans cette réserve, et il m'avait répondu en rigolant :

- "vu le bordel qu'il y a dans son magasin, j'imagine même pas tout ce qu'il peut entasser depuis des années dans sa réserve, et je pense que lui aussi ne sais pas tout ce qu'il y a ! Sûr que Tintin lui-même pourrait découvrir des choses !"

En tous les cas cette presse-bureau de tabac-bricolage était l'incontournable de notre village : idéalement placé en bordure de la départementale le magasin, en plus des habitants du Taillan drainait un flux constant de clientèle descendant le matin du Médoc allant travailler à Bordeaux, et idem en fin de journée pour le retour. C'est fou le monde qui pouvait s'y arrêter pour acheter tabac, journaux, timbres, babioles, cartouches de chasse, produits de bricolage...et tout un tas de choses improbables que Tintin finissait par trouver dans le capharnaüm de ce magasin dont seuls sa femme et lui pouvaient se dépatouiller.

Et bien sûr nous avions aussi un magasin d'alimentation tenu par la famille DaDalto. Ce magasin était à l'origine juste en face de l'entrée de l'école maternelle rue Stéhélin. Avec mes yeux d'enfants j'ai le souvenir d'un magasin étroit, assez sombre malgré sa face vitrée donnant directement sur la rue, et surchargé de produits alignés sur des étagères montant jusqu'au plafond. Par la suite le magasin a déménagé rue de la Liberté pour se transformer en petite supérette plus grande et lumineuse où nous étions accueillis par le couple DaDalto et leur jeune fils Michel. Des personnes prévenantes toujours prêtes à rendre service : Michel DaDalto faisait d'ailleurs une tournée avec sa camionnette pour les personnes qui ne pouvaient se déplacer. Leur magasin bien achalandé répondait aux besoins des habitants car il faisait aussi aussi dépôt de pain, fromagerie et proposait de plus dans une vitrine réfrigérée un peu de charcuterie. Nous y allions quasi quotidiennement et c'était l'occasion de rencontres : il n'était pas rare de voir les gens discuter devant le magasin ou dans les rayons. D'une manière générale, que vous alliez chercher le pain chez Philippe ou le journal chez Tintin, vous saviez quand vous partiez mais jamais quand vous reveniez ! Ces lieux de vie en plus d'être des commerces étaient aussi des lieux de rencontres, et les gens prenaient le temps de discuter. Il suffisait de rencontrer un ami, une voisine et les personnes échangeaient les nouvelles ou autres banalités, refaisaient le match de football de la veille, commentaient tel ou tel évènement...et revenaient à la maison bien plus tard que prévu déclenchant immanquablement les réflexions :

-" Mais tu étais où depuis tout ce temps ? "

-" Ben chez Tintin...me fallait un pot de peinture »

-" Presque deux heures pour aller chercher de la peinture ! Heureusement que ce n'était pas du lait, il aurait tourné ! "

Quasi en face de chez Tintin, de l'autre côté de

la route, il y avait aussi un autre magasin d'alimentation tenu par Madame Berland une femme adorable. Et je vous le donne en mille : nous appelions le magasin de cette dame « chez Titine » ! Il n'y avait absolument aucun lien familial avec ces deux familles de commerçants, mais comme « Tintin » était notre institution et point de repère géographique, je pense qu'il semblait plus facile de décliner cette dénomination familière au commerce d'en face ! En tous les cas personne ne s'est jamais trompé de magasin :

- « Chéri je n'ai plus de petits pois pour midi ! »
- « Bon je passerai chez Titine tout à l'heure »
- « D'accord, mais n'oublie pas ! »
- « Non, je m'arrêterai au retour du journal de chez Tintin »
- « Ben c'est bien pour ça ! Et je t'avertis les petits pois c'est pour le repas de midi, pas celui de ce soir...»

Mes grands-parents et mes parents demeuraient donc fidèles aux commerçants locaux des agglomérations du Taillan et d'Eysines même si une à deux fois par mois mes parents allaient faire des courses à Saint-Médard-en-Jalles à l'Hyper Cosmos (devenu aujourd'hui le Centre Leclerc) qui était à l'époque une moyenne surface. Je me souviens très bien de cet Hyper Cosmos, et surtout du fait qu'immédiatement après avoir franchi l'entrée, sur la droite, il y avait un genre de comptoir où les gens ramenaient leurs bouteilles en verre vides, pour la plupart des bouteilles de vins "cinq étoiles" qui étaient consignées : il y avait souvent la queue devant la machine qui vous remettait les tickets de consigne. Et après s'être débarrassé des bouteilles vides, le sac léger, nous pouvions franchir les petites portes battantes pour rentrer vraiment dans la magasin faire les courses. Et là, justement à l'intérieur du magasin, juste à l'entrée des rayons, il y avait le gardien qui surveillait les allées et venues avec son chien : un gros berger allemand à poils longs, placide ou désabusé, toujours couché ou assis sur un carton lui-même posé sur une palette de bois et qui observait lui aussi d'un regard curieux les gens qui entraient et sortaient. Cet homme se tenait debout et faisait un signe de tête aux clients en guise de bienvenue ou disait bonjour avec un sourire non feint aux clients habituels. Son berger allemand regardait les gens passer devant l'entrée du magasin : j'étais à peine plus grand que cet animal et lorsque je passais devant lui je ne pouvait détourner mon regard du sien, hypnotisé par cette énorme boule de poils noirs et roux bien différente des chiens de chasse de mon grand-père, épagneuls ou setters, avec qui je partageais mes journées. A l'époque on ne parlait pas de berger allemand, mais on disait "chien loup" pour désigner cette race, et dans la bouche des adultes qui en parlaient il y avait de la crainte, voire une peur ancestrale et viscérale ressurgi des temps lointains où l'homme disputait son territoire aux animaux sauvages. Ce chien m'a profondément marqué : la crainte instinctive qu'il inspirait liée à sa race et à sa stature imposante était rapidement apaisée par la douceur de son regard. Je ne sais pas si le sixième sens existe vraiment, mais il se passait quelque chose qui relevait de l'intime entre ce chien et moi, quelque chose d'impalpable qui passait dans nos regards. Je ne pouvais détacher mes yeux des siens lorsque je passais lentement devant lui, la main agrippée au chariot poussé par ma mère, nos têtes suivaient le mouvement de mon déplacement, et jusqu'à ce que je le perde de vue, j'avais la sensation qu'il voulait me parler. Je n'étais qu'un petit garçon mais ces choses-là instinctivement me fascinaient, et je pense que cela a construit mon attirance et mon attrait pour cette race de chien magnifique que j'ai appris par la suite à connaître.

Bien des années plus tard alors que mon entourage pensait qu'inéluctablement j'aurai un jour un chien de chasse, mon premier chien a été un berger allemand, une femelle que nous avons appelé Mouska et qui nous a apporté à ma petite famille de l'époque et moi pendant de nombreuses années de merveilleux moments inoubliables de partage, d'émotions et de bonheur.

Donc attirés par les lumières et la magie de cette nouvelle grande surface Carrefour qui réunissait en un seul lieu une offre nouvelle et quasi exhaustive pour l'époque, mes parents se déplaçaient de temps en temps à Mérignac, plus par curiosité que nécessité : c'était un petit peu l'évènement que la visite de ce nouveau temple de la consommation, même si mes parents ne faisaient aucune folie, se contentant de déambuler dans les rayons et de n'acheter que l'essentiel à un prix certes plus intéressant. Je me souviens de ce magasin avec ses larges allées lumineuses aux présentoirs garnis de produits que je voyais immense avec mes yeux d'enfants. Il y avait à l'étage un bar-brasserie : les clients pouvaient laisser au rez-de-chaussé leurs caddies dans des petits box grillagés, puis ils montaient à l'étage où ils pouvaient boire un verre ou manger. Un truc de fou pour l'époque ! Une idée de génie pour attirer les gens que l'on appelait désormais les "consommateurs" !

Nous sommes montés une fois à l'étage prendre une limonade, et assis sur ma chaise avec une vision panoramique sur le rez-de-chaussé, observant les gens qui faisaient leurs courses accrochés à leurs caddies, je faisais le lien avec le petit magasin de la famille DaDalto que nous avions au Taillan, et j'étais ébahi de ce nouveau monde.

Mais c'était sur le chemin du retour que je ressentais des émotions profondes, des sentiments qui me prenaient inexplicablement aux tripes. Pour rejoindre notre maison au Taillan, nous passions devant un vaste champ où étaient stockés en attente de vente ou de destruction des véhicules militaires : il y avait là dans les herbes envahissantes qui montaient parfois jusqu'aux pares-chocs ou au milieu des portières, un alignement de plusieurs dizaines de Jeep, Dodge et GMC de l'armée. Ce spectacle de ces engins et camions abandonnés, aux carrosseries mates, aux peintures usagées, défraîchies, aux bâches tendues ou roulées laissant apparaître les arceaux faisait naître en moi une émotion incroyable. Je devais avoir avoir 6 ou 7 ans, peut être 8, mais jamais je n'avais ressenti pareille attirance, pareille émotion, pareille pression dans la poitrine. Ces calandres alignées, ces gueules intemporelles surgies de je ne sais où généraient en moi une chaleur sans pareille dans mes tripes de petit garçon. Un mélange de mystères, d'aventures, d'histoires de soldats, d'hommes surgissait de ces faces-avants aux optiques protégés par les grilles de phares. Quelles routes, quels chemins avaient sillonnés ces pneus larges et noirs profondément sculptés ? D'où venaient ces vénérables symboles et artisans de notre liberté ? Qu'elle avait été leur histoire ? A l'âge que j'avais je ne pouvais bien sur pas formaliser ces interrogations, mais je les ressentais au plus profond de moi comme si quelque chose d'impalpable et puissant me liait à ces engins.

Lorsque nous quittions Carrefour je suppliais mon père de passer devant ce que j'appelais les "vieux camions". Jamais je n'ai fait de comédie dans un magasin, jamais de caprices devant un étalage, mais l'idée de rentrer à la maison sans passer voir ces engins m'était insupportable. Mon intérêt presque démesuré pour ce matériel militaire abandonné était incompréhensible, inexplicable pour mes parents. Certes chez mes grands-parents maternels j'étais tous les jours au contact des tracteurs, camions ou autres engins agricoles, mais là pour le coup mes parents me regardaient étonnés, et ne comprenaient pas mon attirance irrationnelle à leurs yeux pour ce matériel de l'armée qui croupissait à l'air libre dans un champ au milieu d'herbes folles. Oui bien sûr j'avais entendu mon père et mes oncles raconter des anecdotes concernant leur service militaire ; oui dans la bouche de certains hommes de cette génération il était encore très courant de parler de la guerre d'Algérie et de ses atrocités (d'autant plus qu'il n'était pas rare de voir déambuler dans les villages d'anciens harkis reconvertis en vendeur ambulants de tapis), et bien sûr dans mon entourage de l'époque il était bien sûr encore courant d'entendre raconter des histoires liées à l'Occupation car mes arrières grands-mères, mes grands-parents et mes grands oncles l'avait vécue, et cette période n'était pas si vieille que cela. Mais je n'avais reçu absolument aucune " éducation militaire " et rien qui pouvait me lier à ces véhicules. Lorsque mon père s'arrêtait sur le bord de la route devant le champ où attendaient patiemment les engins, je scotchais mon visage sur la vitre de la voiture et contemplais sans un mot les véhicules militaires abandonnés. Ces vétérans étaient alignés comme des fantômes, quelquefois des ronces accrochées et grimpantes le long des calandres semblaient vouloir retenir à elles ces mastodontes. Mon regard s'arrêtait sur ces capots proéminents surmontés de leurs pare brises droits en haut desquels on devinait les accroches des bâches dont certaines pendaient sur les flans des véhicules, mes yeux s'arrêtaient sur les Jeep minuscules et qui me semblaient frêles à côté des énormes GMC, et quelquefois en contemplant les faces avant des Dodge avec leurs phares posés sur leurs larges ailes émergeant sur le côté des calandres derrière leurs protections d'acier, il me semblait que, plongeant leur regard dans le mien, ces engins me regardaient eux aussi complices de mes émotions.

Aujourd'hui j'ai toujours là ce souvenir chevillé au cœur et au corps : ces images et mes émotions de gamin ne m'ont jamais quittées, et m'ont accompagnées tout au long de ma vie. Elles ressurgissent chaque fois que je croise une Jeep, un Dodge ou un camion GMC, chaque fois que j'entends le bruit si caractéristique de leur moteur ou des roulements de leurs ponts, chaque fois que mon chemin croise leur silhouette si identifiable, et chaque fois la même émotion m'étreint lorsque j'aperçois le conducteur de ces véhicules fabuleux se battre avec l'imposant volant et la lourde direction.

C'est seulement à 38 ans que j'ai concrétisé un de mes rêves en achetant une Jeep Willys de 1943 en piteux état et que j'ai entièrement restaurée avec l'aide de mes copains de l'association MVCG.

De nombreux mois et week-end passés dans le garage à bricoler, remonter cette Jeep avec des pièces d'origine, refaire la mécanique, poncer et passer en peinture cette pièce historique. Cette restauration a été aussi l'occasion de faire de fabuleuses rencontres humaines, de côtoyer des hommes extraordinaires et passionnés, et de construire des amitiés fortes et solides que rien n'aura pu détruire.

Quel plaisir de conduire ce véhicule d'un autre temps à la direction floue, en contact direct avec les effluves d'huile chaude et d'essence, et cette odeur de la toile épaisse de la sellerie si caractéristique qui imprègne le fond du pantalon. La Jeep génère toujours encore aujourd'hui un sentiment de sympathie de la part des gens. Au volant de ce véhicule les piétons vous regardent passer en souriant et les enfants vous font des signes de la main ! Au-delà de la symbolique historique de la Jeep qui est ancrée dans la mémoire collective, c'est un véhicule fabuleux qui à son volant, cheveux au vent, vous procure un sentiment légitime de liberté retrouvée.

Lacanau-Océan

Mes grands parents maternels avaient hérité il y a bien longtemps d'une petite maison à Lacanau-Océan, une "villa" typique Canaulaise en pierre avec ses tuiles caractéristiques et ses deux pignons aux toits pentus. Deux pins qui s'étaient appropriés l'espace devant la maison essayaient de grandir comme ils pouvaient dans la terre sablonneuse, et en fin d'après-midi leurs ombres joueuses dessinaient de drôles de monstres sur les murs masquant furtivement le nom de la maison "mon repos" inscrit tout en haut entre les deux petites charpentes aux fortes déclivités. C'était la villa de Lacanau-Océan.

Cette maison se composait en fait de deux logements : un petit tout en longueur loué à l'année pour une bouchée de pain à un couple de retraités, et un second logement plus spacieux, composé de deux chambres en enfilade, d'une cuisine sommaire, et d'une véranda avec un soubassement béton, elle aussi toute en longueur, accrochée au flan nord-ouest de la maison. Cette véranda très agréable était en fait la pièce à vivre : elle disposait de baies vitrées en bois qui en glissant sur des rails latéraux pouvaient s'ouvrir. Ce n'était pas facile d'ouvrir les baies, le bois déformé par les agressions de la pluie et des saisons gémissait à chaque manipulation et résistait comme il pouvait.

Il n'y avait pas de salle de bain ni de chauffage, et les deux cabanes en bois des toilettes (une pour chaque logement) étaient au fond du jardin de derrière cachées par une grange qui servait de débarras. Devant la haie de lauriers qui dissimulait la maison voisine, une pompe à main capricieuse à l'amorçage fastidieux et aléatoire permettait d'avoir de l'eau fraîche à volonté, ce qui était très utile pour rincer les corps et les affaires de plage à l'eau douce au retour de l'océan.

Mes grands-parents ne mettaient quasi jamais les pieds à Lacanau-Océan, préférant depuis toujours à la mer et au danger des baïnes l'air et les paysages des montagnes Pyrénéennes. Les locataires monsieur et madame

Maucouvert, un couple de retraités, étaient donc seuls au monde et entretenaient à peu près la maison et son jardin au sol sableux toujours envahi d'herbes éparses.

C'est en juillet 1965 le lendemain de leur mariage que mes parents avaient vraiment découvert la villa de Lacanau-Océan : ils y ont fini la fête de mariage avec la plupart des invités et amis de leur âge car le grand-père de ma mère lui avait proposé de passer la semaine après leur mariage dans le logement vaquant de cette villa. Cet homme simple, agriculteur et homme de la terre, avait hérité de cette maison d'une lointaine tante argentée, et en bon gestionnaire n'avait pas voulu la vendre et l'avait mise en location. Il n'y mettait pas les pieds : le bord de mer n'était pas le quotidien de cette génération de terriens pour la plupart desquels aller à la mer n'avait que peu d'intérêt d'autant que dans les années 1930 à Lacanau-Océan il n'y avait rien. C'est pourquoi le petit logement de la villa était loué à l'année pour une somme modique à charge pour le couple de locataires d'entretenir au minimum le jardin, chose qu'ils faisaient plus ou moins.

Les jeunes mariés et la troupe joyeuse et bruyante ont donc débarqué un jour d'été poursuivant la fête de mariage de la veille sous le soleil et les nuits étoilées de Lacanau. Ils sont restés toute la semaine au grand dam des locataires surpris et un peu contrariés devant cette intrusion dans leur quotidien tranquille et sans surprises.

C'est donc dans ces circonstances que mes parents ont redécouvert cet endroit et se l'ont finalement approprié les années suivantes avec la bénédiction du grand-père de ma mère qui voyait là l'occasion de faire vivre et d'aérer le second logement inoccupé depuis des années. Dès les beaux jours, mes parents, leurs frères, sœurs et amis partaient ainsi à Lacanau-Océan passer le week-end à la villa, et occupaient ainsi les lieux les quatre ou cinq mois les plus agréables de l'année.

A l'époque Lacanau-Océan était une petite ville isolée et tranquille surtout fréquentée l'été par les touristes, quelques surfeurs, et des hippies en majorité allemands qui squattaient le littoral non aménagé de la ville dans leurs vans. Il y avait peu d'habitants à l'année, et ces derniers se connaissaient tous et formaient une petite communauté aux habitudes ancrées. Il est donc aisé de comprendre que les locataires, Monsieur et Madame Maucouvert ont été un peu chagrinés de voir leur quotidien et surtout leur tranquillité perturbés : en effet l'année suivante du mariage, ils ont vu débarquer une troupe de jeunes par un chaud samedi ensoleillé du mois d'avril. Les premiers week-end ont été consacrés à un rafraîchissement salvateur de l'appartement et de la véranda abandonnés. Dans une ambiance joyeuse et festive, nettoyage, réparations et peintures occupaient les journées...sous les yeux plissés des vieux locataires prenant conscience de la fin temporaire de leur solitude.

Mais pour la troupe de jeunes dont le plus âgé (mon père) avait vingt deux ans, les week-end à la villa c'était la liberté, l'émancipation et la fête. Le dépaysement était complet et le campement organisé avec montage éventuel des tentes dans le jardin lorsqu'il n'y avait pas assez de place à l'intérieur. Mes parents à peine entrés dans l'âge adulte ont créé là leurs souvenirs les plus prégnants d'amour et d'insouciance, de découverte l'un de l'autre et des plaisirs des plages à l'époque quasi désertes. Puis très rapidement les frères de mon père et leurs copines du moment ont pris l'habitude de rejoindre le couple, et quasi tous les week-end de la belle saison et l'été, cette bande de jeunes gens insouciants a pris ses quartiers à la villa dans cette petite ville à l'époque peu fréquentée.

Quelle époque bénite !

Lorsque je suis né mes parents n'ont pas changé leurs habitudes. Je faisais parti de la transhumance au grand dam de mes grands-parents qui les traitaient "d'inconscients d'amener un gamin dans cette maison sans confort et au diable vauvert" (alors qu'eux même avaient vécus dans des conditions bien pires...mais disaient-ils, ils avaient travaillé pour s'en sortir et voulaient pas revenir en arrière !). S'ils avaient su ces grands-parents que lorsque mes parents et la petite troupe sortaient au Kayoc qui était à l'époque la seule boîte de nuit de Lacanau-Océan, ils m'amenaient avec eux bien sûr. Et la présence d'un enfant mineur dans ces lieux ne posait pas problème. Lorsque je tombais de sommeil ma mère m'installait sur une banquette avec un vêtement sous la tête afin que je puisse mieux dormir ! La musique à fond, les jeunes qui dansaient et discutaient en buvant des coups au milieu des nuages compacts des fumées de cigarettes ne m'empêchait pas de sombrer dans les bras de Morphée. Ce n'est bien sûr que bien des années plus tard que ma mère en riant a raconté ces aventures et anecdotes me concernant, mais en rajoutant :

- "nous étions inconscients quand même, tu te rends compte il n'avait pas cinq ans !"

Mais non maman vous étiez jeunes à une époque bénite et vous avez bien fait d'en profiter. Je n'ai aucun souvenir de mes nuits sur les banquettes du Kayoc...pas de souvenirs, et encore moins de séquelles...enfin je crois !

Et oui quasi tous les week-ends à la belle saison et bien sûr l'été, toute la troupe partait à la villa prendre ses quartiers : Simca 1300, Renault Dauphine et Simca 1000 dévorant le bitume dans les lignes droites traversant les forêts de pins, vitres baissées et cheveux au vents, lunettes de soleil accrochées au nez...sans ceintures de sécurité et moi sur le siège arrière dans un premier temps dans mon landau pas attaché mais coincé entre les sièges et les sacs, et plus tard directement calé entre les affaires qui débordaient de la banquette arrière ...tandis que les Bee Gees hurlaient « Stayin' alive » depuis l'auto radio. Arrivé à la villa c'était l'installation, le déballage de la nourriture et des boites de conserve dans la cuisine et le frigidaire, puis les lits de camp (dont le montage nécessitait d'arc-bouter avec force les pieds en métal pour faire rentrer les extrémités dans les trous des supports tubulaires) et sacs de couchage étaient répartis dans les chambres et la véranda. S'il y avait trop de monde pour tenir dans les chambres, et bien ils plantaient les toiles de tentes dans le jardin.

Oui vraiment quelle époque bénite !

Mes parents avaient une caméra Super 8 : ils ont filmé ces moments de leur vie, la villa, les oncles, les amis, le Lacanau-Océan d'avant, l'insouciance de leur jeunesse et de ces temps aujourd'hui regrettés par ma génération car disparus à jamais émasculés par des interdictions de toutes sortes, débiles et privatives de liberté ! Ils m'ont filmé bébé assis dans les vaguelettes et la frange d'écume, dans les trous de sable jouant avec mon râteau grimaçant à cause des grains de sable que je portais à la bouche. C'est sur la plage à marée basse que j'ai fait mes premiers pas d'être humain, de petit d'homme, premiers pas hésitants et laborieux devant ma mère accroupie les bras tendus prête à me rattraper en cas de chute...avec en arrière fond les dunes, et sur l'une d'entre elles le Kayoc tout seul posé tel un phare face à l'océan ! Des images d'archives aujourd'hui.

J'ai grandi et je me suis éveillé à la vie avec l'océan, le soleil et le sable entre les orteils, avec des paysages sauvages, la force et la beauté de la mer, et ces immenses plages de sable où émerveillé je remplissais mon petit seau de coquillages. Je n'ai jamais pu vivre sans l'océan et ses dunes sauvages, j'ai un besoin vital aujourd'hui encore de cette force et de cette sérénité. Je suis toujours allé à Lacanau-Océan été comme hiver, que ce soit à la plage ou courant les dunes à la chasse aux alouettes avec mon grand-père et mon père. J'avais à peine vingt ans lorsque j'ai vraiment découvert Le Porge et ses beautés encore plus sauvages, immenses et désertes : je ne l'ai jamais quitté m'y rendant encore aujourd'hui régulièrement quelque soit l'époque de l'année.

Enfant lorsque nous étions à la villa je vivais le départ à la plage avec une grande excitation sous l'œil amusé de ma mère préparant le sac de plage et mes jouets. Mon père attrapait le parasol d'une main et moi de l'autre : il me hissait sur ses épaules, et après avoir réussi à ouvrir le portail en bois branlant qui ne tenait fermé qu'avec l'aide d'un fil de fer, nous remontions sous le soleil la rue des frères Estrade jusqu'au pied de la dune de sable que nous gravissions au milieu des oyats. La montée n'était pas facile, le sable se dérobait sur les pieds, et cela montait dru ! Sur ses épaules ondulantes, je m'accrochais en riant à la chevelure de mon père qui me disait immanquablement :

-"le premier qui voit la mer a gagné !"

Je criais encore plus fort à la vue de l'immensité bleue scintillante et mon père descendait la dune au petit trot en faisant des sauts et imitant le hennissement d'un cheval. Nous installions les serviettes, les sacs, et je filais en courant "goûter l'eau" testant sa température du bout des pieds.

Nous passions ainsi tout l'après-midi à la plage ramassant des coquillages ou jouant dans le sable à faire des châteaux. Bien sûr la baignade était mon activité préférée, mais mes parents inflexibles m'imposaient d'attendre trois heures après avoir mangé pour ne pas se baigner pendant la digestion ! Que c'était long d'attendre ! Je passais donc le temps en observant les énormes méduses qui quelquefois s'échouaient sur le rivage. Ces masses flasques et translucides laissaient entrevoir dans leur matière gélatineuse des petits alevins dont elles s'étaient nourries, et je trouvais cela fascinant.

Je garde de très bons souvenirs de la villa, les apéros enfumés du début de soirée où je sautais au milieu des éclats de rire et des discussions sur les jambes de mes oncles assis sur les chaises basses évitant de renverser les verres et grappillant deci delà une cacahuète, un biscuit salé ou une rondelle de saucisson; les repas animés tous autour de la table dans cette véranda; et les fins de soirées dans la nuit maintenant tombée, les visages bronzés ou rougis par le soleil, les yeux larmoyants de rire ou de fumées des cigarettes dans des folles et interminables parties de cartes à peine troublées par les gros insectes volants hypnotisés par la lumière de l'ampoule qui les attirait comme un phare, et qui quelquefois percutaient bruyamment les fines vitres de la véranda. Je passais de genoux en genoux durant ces longues parties de rami, et dans leur jeu de carte tenu en éventail, ils me montraient lorsque, c'était leur tour, la carte à jeter sur le tapis : je m'exécutais fièrement jusqu'à ce que je m'écroule de sommeil. Ma mère alors m'empoignait doucement souvent aidée par une amie et me couchait tendrement.

Une odeur est restée ancrée dans ma mémoire : cette odeur d'essence de Thérébentine avec laquelle ma mère entretenait le plancher en bois de la première chambre. J'adorais cette odeur, je pense qu'elle me rassurait, et à quatre pattes je m'en imprégnais les mains et les genoux lorsque je jouais dans cette pièce.

Comme nous n'allions à la plage que l'après-midi, la matinée après le petit-déjeuner était consacrée aux courses que nous faisions à pied chez les petits commerçants : acheter le pain à la boulangerie qui faisait l'angle de la place principale, aller chercher les cigarettes au buraliste, pour ensuite déambuler sur les allées Ortal flânant devant les magasins de plage. De retour à la villa chacun se posait dans la véranda dont on entrebâillait les fenêtres coulissantes qui laissaient passer un léger courant d'air bienvenu les jours chauds. Je jouais ou faisait des coloriages sur la longue table en bois recouverte d'une nappe en plastique sur laquelle traînait un ou deux cendriers encombré de cendre et de mégots de cigarette écrasée. Quelque fois j'essayais de pomper l'eau à la pompe à main en fonte aussi grande que moi. J'avais tout juste assez de forces pour manipuler le lourd levier recourbé, et j'exultais lorsque l'eau s'écoulait bruyamment du bec et éclaboussant mes pieds. Mes souvenirs d'enfance dans cette villa de Lacanau sont essentiellement liés à une sensation agréable de douceur de vivre, d'insouciance et de liberté : liberté d'aller et venir dans le jardin et de jouer autour de la maison, liberté de manipuler l'imposante pompe à eau, liberté de traquer le hérisson que nous avions adopté et qui tous les soirs avait droit à sa petite coupelle de lait...mes parents me laissaient seul et en paix avec mes jeux d'enfants. Ils étaient en fait rassurés par le fait que le jardin était clos et plus ou moins fermé par le portail, et eux-même heureux avec toute leur bande.

Cette villa rue des frères Estrade n'était pas loin de la colonie de vacances de Lacanau Océan. L'été j'étais souvent interrompu dans mes jeux par les enfants de la colonie voisine, qui marchaient en rangs deux par deux encadrés par les moniteurs, et tout ce beau et joyeux monde chantait à tue tête en cadence "les jolies colonies de vacances" de Pierre Perret en partant et revenant chaque jour de la plage . Je me précipitais alors au portail en bois dès que j'entendais de loin les chants, montait sur la première latte, et en équilibre les genoux plaqués sur le bois branlant j'attendais la troupe. A son passage je leur faisais des signes de la main et du bras, auxquels me répondaient les enfants chargés de leur serviette, pelle et seaux de plage, et surtout les moniteurs et monitrices qui me faisaient de grands mouvements de bras exagérés en rigolant en faisant des mimiques, et des fois en sautillant sur place tels des Zébulons montés sur ressorts.

Tous les soirs il y avait une sortie quasi immuable que j'attendais avec impatience avant de prendre le repas du soir : les retraités du coin, les habitants à l'année se retrouvaient au croisement de la rue des frères Estrades et de la colonie de vacances et jouaient à la pétanque devant une assemblée de vacanciers et d'enfants. Ces joueurs étaient tous les soirs une dizaine, toujours les mêmes, et transformaient le carrefour en terrain de boules : ils jouaient carrément sur la route et bloquaient le croisement durant plus de deux heures. En fait ils poursuivaient durant l'été leurs parties de boules habituelles, et s'amusaient à grand bruit devant l'attroupement des touristes spectateurs. Avant de dîner je pressais mon père d'aller voir les joueurs de boules dès que je voyais Monsieur Maucouvert partir avec sa triplette à la main car il faisait partie des joueurs habituels. Quelquefois ma mère nous accompagnait, mais le plus souvent elle restait à la villa préparer le repas ou discuter avec ses amies peu enclines à ce jeu. Je partais donc avec mon père ou avec mes oncles, et quelquefois j'avais l'autorisation d'y aller seul car les adultes

étaient en pleine discussion ou en plein apéro :
je partais donc heureux en prenant bien la
précaution de remonter la rue en marchant sur
le bord sableux et herbeux de la petite route. Il
n'y avait qu'une centaine de mètres à parcourir
que je faisait en trottant la plupart du temps car
déjà les échauffements des joueurs avaient
commencés et on entendait les bruits des
boules acier contre acier, ou les chocs de ces
lourdes sphères contre l'enrobé de la route. Je
ne voulais rien manquer du spectacle. Je me
mêlais aux spectateurs, et du fait de ma petite
taille d'enfant, j'étais toujours aux premières
loges ! Le public se déplaçait à chaque
changement de partie pour suivre le jeu et pour
juger de la boule gagnante. Certains
spectateurs criaient aux joueurs que telle ou
telle boule tenait le point, mais soit que ces
derniers fussent soupçonneux, ou soit qu'ils
voulaient eux-même confirmer et annoncer le
point à leur partenaire, ils faisaient toujours
quelques pas pour juger de leurs propres yeux,
indifférents aux avis et dires des spectateurs
qui tendaient le doigt vers la boule gagnante.
Les joueurs conscients de l'intérêt qu'ils
produisaient sur le public, et peut-être

secrètement heureux et fiers de rassembler chaque soir une petite foule d'aficionados et susciter l'intérêt, faisaient le spectacle.

J'étais impressionné par leur adresse, leurs éclats de voix et tapes dans le dos après les carreaux explosifs qui propulsaient les boules à toute vitesse. Les spectateurs dans ces cas-là faisaient des petits bonds de côté pour éviter les boules éjectées et surtout de peur d'influencer la trajectoire de ces dernières, ce qui aurait immanquablement provoqué une engueulade salée de la part des joueurs ! Oui c'était vraiment du spectacle ! Les points étaient disputés âprement, le terrain était examiné d'un œil d'expert pour le pointeur qui revenait à son emplacement de tir en discutant le coup avec son coéquipier, et bien sûr les points litigieux ne le restaient jamais longtemps car plusieurs joueurs avaient sur eux un mètre ruban de couturière : c'est toujours cet instrument de mesure qui avait le dernier mot ! Il arrivait quelques fois qu'une voiture se présente devant l'intersection et reste bloquée par la foule des joueurs et spectateurs mélangés, mais bien sûr il était hors de question de stopper la partie : le conducteur qu'il soit agacé, curieux ou philosophe devait prendre son mal en patience, et il n'était pas rare de voir l'automobiliste reculer pour se garer grossièrement sur le côté de la route et se mélanger aux spectateurs. Dans les cas contraires, ce n'était que lorsque les joueurs récupéraient leurs boules qu'ils s'écartaient pour enfin laisser passer le touriste (car les habitués savaient qu'à cette heure-ci il fallait éviter le coin et contourner le quartier pour poursuivre son chemin en véhicule). Cela faisait beaucoup rire les spectateurs de voir le conducteur impuissant derrière son volant, et surtout mon père lorsque la voiture klaxon bloqué en signe d'agacement s'échappait enfin au terme de la partie mais sous les quolibets des joueurs et du public conquis !

Sainte-Marie-de-Campan

Fin août début septembre 1972, les quinze derniers jours des vacances scolaires, juste avant la rentrée des classes, mes grands-parents maternels nous ont amenés pour la première fois, mon cousin Laurent et moi, à Sainte-Marie-de-Campan petite commune des Hautes Pyrénées.

J'avais un peu plus de 6 ans, et mon cousin un an de moins.

Mes grands-parents avaient loué une bergerie un petit peu isolée au milieu des pâturages. On y accédait en sortant du petit village en direction de Payolle et en prenant la petite route de Peyrehitte Darré. En contrebas de cette dernière, sur main droite, naissait un petit chemin tracé au milieu des prés où s'égaillaient des moutons tous blancs. C'était une grande bâtisse rectangulaire aux pierres grises et posée en bordure d'un champ qui descendait abruptement vers le gave bondissant et bruyant dans lequel le propriétaire, Monsieur Dortet attrapait les truites à mains nues. Il n'y avait qu'une petite partie habitable seulement car la bergerie proprement dite avec son grenier à foin occupait les trois quart de ce bâtiment. La toiture aux deux pentes raides d'ardoises noires était traversée par le conduit remarquable de la cheminée qui prenait une place imposante dans la seule pièce. La partie habitable était composée au rez-de-chaussée d'une cuisine à vivre avec un lit d'une place sous l'unique fenêtre. La cheminée en pierre était l'unique moyen de chauffage. Mon grand-père l'allumait le soir avant le repas et après avoir dîné, comme un jeu rituel, mon cousin et moi y faisions brûler nos pots de yaourt vides (fabriqués à l'époque en carton alimentaire majoritairement) : celui dont le pot disparaissait le premier dans les flammes avait perdu. A l'étage, il n'y avait qu'une vaste chambre. L'escalier en bois qui y menait grinçait de douleur toutes les deux marches, mais renfermait à sa base la plus large un placard qui fut rapidement notre terrain de jeu à mon cousin et moi car nous le transformions en "cabane". Il n'y avait pas de salle de bains, on se lavait dans la pièce principale devant la cuisinière dans une grande bassine en fer blanc après que ma grand-mère l'eut rempli d'eau chaude. Les toilettes étaient à l'extérieur pas bien loin de la bergerie : cette « cabane au fond du jardin » tout en bois était cachée par quatre ou cinq pommiers et elle enjambait un petit ru venant de la montagne qui faisait office de chasse d'eau permanente et qui poursuivait ensuite son chemin jusqu'au gave irriguant et fertilisant ainsi les prés à moutons.

Mon grand-père dormait au rez-de-chaussé dans le petit lit de la cuisine, et ma grand-mère, Laurent et moi, nous occupions chacun un lit dans l'unique chambre du premier étage. Avec mon cousin nous avons rapidement découvert le charme de ces vieux lits en ferraille : c'était le bruit hallucinant de leurs ressorts usés et tordus lorsque nous sautions dessus, d'autant plus que les vieux matelas n'étaient pas bien épais. Nous nous en donnions à cœur joie riant de bonheur et mêlant nos cris d'enfants au son aigu de ces ressorts martyrisés.

Que de bons souvenirs de Sainte-Marie-de-Campan et de ces premiers jours de septembre

!

Un vent de liberté et d'aventure soufflait dans ce petit coin des Pyrénées pour Laurent et moi. Munis de bâtons nous partions en exploration autour de la bergerie dans les prés et le bois qui descendait jusqu'au gave. Nous étions très attentifs à ne pas nous faire surprendre par un serpent ou dans notre imagination d'enfant par un animal sauvage inconnu. En effet le propriétaire nous avait raconté que pendant les hivers très rigoureux, il arrivait que les sangliers descendaient des montagnes vers la vallée pour essayer de trouver de quoi se nourrir dans des zones moins exposées aux rigueurs du climat. Je tenais farouchement mon bâton dans mes petites mains mais je n'en menais pas large ! J'avançais avec appréhension au milieu des herbes hautes en lisière du bois, en essayant quand même de me rassurer : l'hiver n'était pas encore là, seules éventuellement, les pommes tombées à terre pouvaient attirer les sangliers, mais je jugeais que les quelques pommiers n'étaient pas assez isolés pour attirer les sangliers car ces arbres fruitiers étaient trop près de la bergerie. Monsieur Dortet n'avait t-il pas dit que ces animaux extrêmement méfiants aimaient les endroits reculés ,et même débusqués ils arrivaient à déjouer les chasseurs lancés à leur poursuite ?

Pourtant c'est une brebis qui nous fit la plus belle peur : soudain inquiète de ne plus voir son agneau, elle sorti de la bergerie au galop complètement affolée et bêlant bruyamment appelant sa progéniture, sans nous voir Laurent et moi qui par le plus grand des hasards étions sur son chemin. Elle nous fonçait dessus, et nous croyant attaqués par le mouton presque aussi haut que nous, nous partîmes en courant blancs de peur vers la cuisine. Laurent volait littéralement devant moi, je courrais derrière lui poursuivi par les cris de la brebis que je pensais à nos trousses. Nous franchîmes comme des fous la porte heureusement ouverte du logement, Laurent se réfugia d'une glissade et haletant sous l'escalier. J'arrivai à mon tour et je me jetais à ses côtés. Cette anecdote nous fait rire aux éclats aujourd'hui, et le récit de cette aventure se termine toujours par un "putain de brebis !"

Mais les après-midi ensoleillés notre plus grand plaisir, au grand dam de notre grand-mère était de glisser sur les fesses sur la pente abrupte du pré qui descendait vers le gave. Les herbes grasses et hautes faisaient office de toboggan et laissaient de grandes traces vertes sur nos fonds de shorts et sur la peau de nos genoux. Nous nous poussions mutuellement durant la chute dans de grands cris et éclats de rire.

Un jour notre grand-père nous fit découvrir un nouveau jeu. Les parents de mon ami d'enfance Philippe étaient venus nous rendre visite, et sa mère Jeannine s'éclipsa dans la cabane des toilettes pour satisfaire un besoin naturel. Papé nous appela discrètement et d'un signe de la main nous invita à le suivre en silence. Intrigués mais enchantés par son sourire au coin des lèvres et ses yeux bleus espiègles, nous le suivirent sous les pommiers. Là il ramassa deux ou trois pommes, puis approcha à pas de loup derrière la cabane, et lança les pommes avec force à la base de la cabane dans l'espace où s'engouffrait l'eau du ru. Sans les voir nous devinions les grandes éclaboussures d'eau qui atteignaient les fesses de Jeannine laquelle poussait des cris de surprise. Elle sorti précipitamment de la cabane, mi furieuse mi amusée sous les rires des trois lascars. Autant dire que nous avions retenu le mode opératoire ! Oui notre grand-père à l'autorité indéfectible, qui ne se fâchait jamais contre nous (il suffisait simplement qu'il nous regarde : la sévérité glaciale de ses yeux bleus dans ces moments-là nous calmait plus vite que d'éventuelles paroles et nous faisait illico rentrer dans le rang) adorait s'amuser avec ses petits enfants. Il nous en a appris des conneries !

Mais il savait aussi nous expliquer les choses, nous intéresser à des sujets ou à des travaux à faire, et nous responsabiliser en nous parlant comme à des adultes. J'étais très sensible à ces marques d'attention surtout lorsqu'il employait des mots qui n'étaient pas ceux que l'on destine à des enfants.

Un matin notre grand-père nous appela :

- "Venez voir il a neigé cette nuit sur les sommets"

Nous sortîmes précipitamment le rejoindre à l'extérieur devant la bergerie, et il nous montra en tendant le bras avec un grand sourire de fierté, comme s'il en était lui-même le créateur, les pics majestueux des Pyrénées tout au loin couronnés de blanc. Nous étions émerveillé par cette nature puissante, pris par la beauté sauvage de la montagne et de ces sommets mystérieux et inaccessibles.

Je remercierai jamais assez mon grand-père de m'avoir communiqué ce respect de la nature, cet intérêt pour l'observation des éléments naturels qui nous entourent : la course des nuages dans le ciel et la direction du vent, la brume matinale annonciatrice de changement de température, la faculté de voir dans le vol des hirondelles l'arrivée de la pluie et de l'orage, le simple fait de se situer par rapport à la course du soleil pour se repérer dans la forêt ou bien suivre la bonne direction, et bien sûr la connaissance "du passage" des oiseaux migrateurs anticipant la météo à venir et les changements de saisons.

Nos grands-parents étaient amoureux depuis longtemps de ce coin des Pyrénées. Ils y avaient amenés leurs enfants bien avant nous, et nous faisaient partager les endroits qu'ils connaissaient lors de promenades à pied ou en voiture : nous partions en vadrouille sur les sentiers du lac de Payolle souvent occupés par quelques vaches broutant tranquillement l'herbe rase , sur les chemins des lacs d'Orédon et de Cap de Long où les pentes boisées et herbeuses des montagnes se reflétaient dans l'eau claire comme dans un miroir. Mais par dessus tout nous préférions la petite route sinueuse dans la forêt de montagne, en fait mi route, mi chemin de terre qui menait au col de Beyrède, car nous y ramassions des fraises et des framboises sauvages. C'étaient de petites fraises très rouges presque grenats au goût incomparable ! Chacun munis d'une poche en plastique, nous escaladions les pentes à la recherche de ces fruits rouges, nous interpellant lorsque nous tombions sur un placet. Bien sûr nous en dégustions un grand nombre dans les sous bois, nous régalant de ces fruits goûteux, et il fallait bien une après-midi pour remplir l'équivalent de quatre gros bols que notre grand-mère préparait le soir pour le dîner. Nous l'aidions à équeuter les fraises et framboises sauvages, puis elles les saupoudrait d'un peu de sucre pour avoir du jus. Au désert nous les dégustions tous les quatre avec délice. J'étais extrêmement sensible au fait que nous ayons trouvé nous-même cette nourriture dans la nature : c'est la nature qui nous nourrissait de ses produits que nous avions ramassé, et bien que très jeune j'en étais fier. Je lisais le même sentiment dans les yeux de mon grand-père lorsque ma grand-mère déposait les bols de fruits rouges sur la table. Ils étaient agriculteurs et maraîchers : cette génération avait vécu dans des conditions beaucoup plus dures que nous, leur jeunesse et leur adolescence n'avaient pas vraiment été marquées par la facilité et le confort que nous connaissons aujourd'hui. Ils avaient travaillé dur toute leur vie, et depuis leur plus jeune âge, ils avaient appris habilement à tirer profit de ce que pouvait leur offrir la nature, soit par la chasse, soit par la cueillette, soit même parfois par du petit braconnage, surtout pendant l'Occupation. C'était le même sentiment de fierté et de liberté qui m'animait lorsque à l'automne à la maison nous dégustions les grives et alouettes accompagnées de ceps. Ces oiseaux sauvages, ces champignons ne provenaient pas de chez le boucher ou du primeur, ils n'avaient pas été achetés, mais simplement prélevés dans leur milieu naturel. Du sauvage à la table familiale, des oiseaux de passage et des bolets : cette nourriture venait de la nature et offerte par cette la nature généreuse à ceux qui savaient la lire et la comprendre. Ils avaient eu une vie dure oui nos grands-parents, mais je pense beaucoup plus saine que la notre aujourd'hui.

Nous partions souvent en promenade en voiture avec nos grands-parents sur les belles routes environnantes. Nous visitions des sites plus ou moins touristiques, allions marcher en bordure des lacs, ou tout simplement partions « au petit bonheur la chance » car notre grand-père adorait aussi beaucoup conduire.

Un jour nous sommes partis le matin pour passer la journée à Lourdes. Sur la route nous avons traversé le village de Montgaillard. Mon grand-père nous regardant mon cousin Laurent et moi dans le rétroviseur s'écria en haussant la voix en mimant d'être en colère :

- « Ah mon gaillard !! »

Aussitôt mon cousin Laurent se jeta sur moi en riant et commença une bagarre en criant :

- « Mon gaillard ! Mon gaillard ! »

J'éclatais de rire en me défendant, nous glissions sur la banquette arrière nous bousculant et nous tenant mutuellement par le col. Le grand-père rigolait heureux de sa blague et de ses effets, tandis que notre grand-mère essayait de faire revenir le calme dans la voiture et surtout sur la banquette arrière, en engueulant finalement les trois gamins !

Les années suivantes chaque fois que nous traversions le village de Montgaillard, Laurent et moi éclations de rire, et nous nous donnions de petits coups de poings mimant une bagarre en criant :

- « Mon gaillard ! »

La période de notre séjour à Sainte Marie de Campan correspondait à la fin de la période des foins, et en fonction des années à celle du regain. Les propriétaires avaient fauché les prés et passaient ensuite régulièrement un engin à larges et longs fléaux ressemblants à des hélices qui retournaient les herbes coupées et odorantes afin qu'elles sèchent sous le vent et le soleil de la fin d'été. Ils appelaient cela "faire le regain". J'adorais ces moments et ne les manquais pour rien au monde, écourtant ma sieste sous des prétextes futiles qui ne dupaient pas mes grands-parents. Sous le regard de mon grand-père je suivais le propriétaire accroché à la faneuse soulevant les brindilles et les odeurs de foin, et mimant ses gestes, je lançait de temps en temps, comme lui, un léger coup de pied dans une motte de foin afin de l'éclater pour que l'herbe sèche plus facilement. Ce dernier tout attelé à sa tâche me lançait des coups d'œil obliques plus par amusement que pour surveiller ma position par rapport à la machine car j'étais déjà habitué à ma tenir à bonne distance des engins agricoles. Nous marchions ainsi suivant la faneuse dans des allées et venues sous la légère poussière, les insectes volants, les sauterelles bondissantes et les formidables odeurs d'herbe et de fleurs séchées.

Quelques jours après les propriétaires venaient ramasser le foin. Pour Laurent et moi c'était la fête ! Il arrivait que nos grands-parents donnent la main à monsieur et madame Dortet, et chacun ratissait à tour de bras, muni d'un long râteau de bois aux fines dents en bois aussi et assez fragiles faisant ainsi de loin en loin de grands tas de foin dans le champ. J'essayais de copier les gestes sûrs et précis des adultes qui avançaient au rythme lent mais implacable des gens d'expérience. Mon cousin Laurent et moi n'étions pas assez grands pour manœuvrer correctement ces râteaux de frêne mais cela ne nous empêchait pas de participer aux travaux ramassant à la main et transportant dans nos bras de grands volumes de foin que nous jetions et empilions sur les tas des adultes. Nous ne manquions jamais de nous bousculer en riant dans les pilots de foin, trimballant ainsi les brindilles d'herbes sèches et odorantes accrochées dans nos cheveux et nos vêtements !

L'étape finale m'impressionnait toujours, et j'en garde un souvenir intact et ému. Monsieur et madame Dortet étalaient des vieux draps sur l'herbe coupée du pré à côté des tas de foin, puis nous les aidions à transférer l'herbe sèche sur ces larges pièces de tissu. Ensuite ils rassemblaient les quatre coins du drap, les nouaient ensemble en tirant dessus, et d'un coup de rein les jetaient sur leur dos. Ils transportaient ainsi le dos courbé jusqu'à la bergerie cette charge impressionnante en volume sous laquelle ils disparaissaient. Je m'amusais à les suivre, et de derrière on ne voyait que le drap gonflé de foin, boule énorme, qui semblait avancer toute seule en se dandinant sur ses jambes ! Ainsi chargés et courbés, ces bergers arrivaient devant l'échelle de bois dressée contre le mur de la bergerie et qui permettait d'accéder au grenier par une large porte ouverte sur le vide. Ils montaient avec précaution à cette échelle, se tenant d'une main au montant tout en maintenant de l'autre le ballot de foin sur leurs épaules. Arrivés à hauteur de la porte, ils se penchaient exagérément en avant afin de faire basculer par dessus leur épaule l'énorme masse du drap gonflé de foin qui atterrissait ainsi dans le grenier. Les draps dénoués, le foin était ensuite empilé à la fourche dans ce sombre, poussiéreux et odorant grenier : la masse d'herbe sèche montait presque jusqu'aux poutres apparentes du plafond et occupait tout l'espace de la pièce. Dans le plancher du grenier, seule la trappe juste obturée par un carré de planches épaisses restait dégagée : c'est par cette trappe que l'on faisait tomber le fourrage directement dans la bergerie pour nourrir les moutons et changer leur litière.

Avec mes yeux d'enfant j'étais très attiré par cette vie rude et simple, j'étais très attaché à ces hommes et femmes qui travaillaient dehors au contact des éléments et des animaux. Je les ai toujours vu sourire, les yeux plissés sur un visage heureux, bronzé et ridé par cette vie à l'extérieur. Je les sentais libres. Je ne me rendais pas compte de la vraie rudesse de leurs conditions de travail, de leurs obligations et des difficultés quotidiennes liées à l'élevage des moutons et brebis. J'ai néanmoins toujours gardé dans une partie de mon cœur cette tendresse et cette bonté qui émanaient de monsieur et madame Dortet.

Jusqu'en 1975 nos grands-parents ont continué de nous amener à Sainte-Marie-de-Campan tous les ans les quinze derniers jours des vacances d'été. Le cercle des cousins et cousines s'était élargi de mon cousin Pierre et de ma cousine Sabine pour arriver la dernière année à quatre bambins amenés par nos grands-parents à la bergerie. J'attendais chaque année avec impatience cette période pour retrouver ce monde de la montagne que j'aimais tant. Le bonheur des retrouvailles avec ce vieux couple charmant des époux Dortet se disputait à la hâte de participer à la chasse aux fraises des bois et aux travaux des foins.

Je ne suis ensuite retourné à Sainte-Marie-de-Campan qu'en 1998 pour la première fois. Cela faisait vingt trois ans que je n'avais pas vu les époux Dortet, vingt trois ans que ces souvenirs étaient gravés intacts en moi. Je suis allé à la bergerie que louaient mes grands-parents à l'époque. Rien n'avait changé : le chemin au milieu des prés pour y accéder, le gave apaisant au bas du terrain très pentu, les pierres grises de la bâtisse et son toit d'ardoises noires. Seul le logement avait été modernisé et semblait habité, les volets fraîchement peints étaient ouverts, mais une légère clôture empêchait l'accès à la bergerie. Dans le pré il ne restait plus qu'un ou deux pommiers, et la cabane des toilettes abandonnée. J'étais heureux de revoir cet endroit et soulagé quand même qu'il n'ai pas changé tant que cela. Je suis allé ensuite chez monsieur et madame Dortet qui habitaient une maison en bordure de la petite route avant le bourg de Sainte-Marie-de-Campan. Monsieur Dortet était décédé quelques années auparavant, seule madame Dortet très âgée m'a reçue chez elle. Elle était assise dans un large et vieux fauteuil d'osier, au soleil devant sa cuisine, souriante avec toujours cette tendresse dans son regard clair. Elle a eu cependant du mal à me reconnaître, mais elle était très heureuse de me revoir, et nous avons échangé quelques mots autour d'un café. Je n'oublierai jamais ses yeux heureux, rieurs et remplis de bonté au milieu de son visage ridé par le temps. La même bonté qui inondait les yeux de mes deux arrières grand-mères disparues.

Camion OM 30

L'OM 30 c'était le camion de l'exploitation agricole de mon grand-père lorsque j'étais enfant. Ce camion benne avait une gueule caractéristique, et je trouvais que ses phares placés bas juste au dessus du léger pare choc peu proéminent lui donnait un air triste. Mais s'était une véritable bête de somme, le camion à tout faire, fiable et robuste, indispensable dans une exploitation. Malgré mon très jeune âge, j'adorais le grondement léger et rassurant de son moteur et l'importante surface vitrée de la cabine qui me permettait d'observer à loisir la route et son environnement. Dans cette cabine, le conducteur et le passager étaient séparés par l'énorme cache moteur-boite en acier. Lorsque j'accompagnais mon grand-père et mon oncle Jean-Pierre, je m'installais à cheval sur ce genre de capot ou bien assis derrière, le dos appuyé contre le fond de la cabine, les pieds à plat sur le cache moteur le menton posé sur mes genoux, je profitais avec délectation de la vision panoramique du paysage et de la présence de ces deux hommes. Qu'est ce que j'étais heureux ! Bon sang que j'étais bien ! L'hiver j'aimais m'appuyer sur cet élément bombé de tôle tiède d'où émanaient des odeurs d'huile chaude du moteur si caractéristiques de ces anciennes mécaniques. Je me tenais à la poignée en tôle de ce capot intérieur ne manquant rien du spectacle de la route, admirant mon grand-père ou bien mon oncle Jean-Pierre accrochés à l'énorme volant et faisant ronfler le moteur lors des doubles débrayages impératifs pour faire passer les vitesses. J'ai encore aujourd'hui en mémoire la sensation de cette poignée plate dans ma petite main.

J'accompagnais ainsi mon grand-père et mon oncle l'hiver lorsqu'ils allaient chercher du fumier. Ils faisaient chauffer le camion avant de partir, mais même pendant les premiers kilomètres il fallait mettre la ventilation à fond car nous faisions de la buée quand nous parlions. Je regardais défiler le paysage les fesses au chaud sur la tôle du cache moteur, la route, long serpent noir se déroulait dans la campagne blanche de gelée matinale. Arrivés à destination, dans une exploitation d'élevage, mon oncle utilisait un tracteur muni de fourches pour charger de fumier la benne du camion. Mon grand-père muni d'une fourche au long manche de bois était dans la benne et étalait et arrangeait le fumier au fur et à mesure que l'inclinaison des fourches du tracteur laissaient tomber leur cargaison. La chaleur du fumier dégageait un halo blanc et fade qui montait et s'évaporait dans le bleu du ciel glacial. Tout à coup je vis mon grand-père sautiller et dans un juron il piqua plusieurs fois avec force sa fourche dans le tas fumant. Il releva alors l'outil en criant :

- « Saloperie ! »

Transpercé un énorme rat pendait inerte embroché sur les dents de la fourche ! Se retournant vers moi toujours l'outil à la main, mon grand-père fit mine de m'envoyer la bestiole dessus. Je poussais un cri et devant les deux hommes hilares, je m'enfuis en courant me cacher devant la calandre du camion dont le regard navré semblait compatir à mes émotions.

Mais c'était surtout l'été en pleine saison de

ramassage des pommes de terre, lorsque mon grand-père et mon oncle allaient livrer en fin de journée la marchandise au marché de Brienne à Bordeaux que j'aimais profiter du camion. Je les accompagnais, ou même partais seul avec mon grand-père. Nous passions par la ville, avenue de la Libération, rue David Johnston, et enfin rue Ferrère pour rejoindre les quais. Là je me tordais le cou pour observer les grues immenses de déchargement qui enjambaient des rails de chemin de fer de part et d'autre d'immenses hangars de béton gris cachant l'eau du fleuve. Quelquefois il y avait des bateaux accostés aux quais, et je regardais bouche bée ces monstres d'acier à la peinture écaillée ou aux coques tachées de langues de rouille qui s'étalaient le long du passage des câbles. Le Pont de Pierre retenait toujours mon attention, je le trouvais très beau orné de ses médaillons et avec ses lampadaires noirs chacun supportant plusieurs énormes ampoules. Les arches de ses voûtes épaisses plongeaient dans l'eau marron du fleuve, et il se dégageait une force incroyable de ces pierres centenaires ancrées dans le lit du courant.

Nous arrivions à Brienne, et mon grand-père faisait une marche arrière, tête droite regardant successivement dans les rétroviseurs droit et gauche, il stoppait le camion lorsque le bord de la benne était tout contre le quai de déchargement. Devant ce quai de déchargement plusieurs camions stationnaient déjà : camions bennes, camions bâchés, petits camions, gros camions, gris, verts, rouges ou blancs...leurs propriétaires s'affairaient à décharger la marchandise qui encombrait le quai contiguë à l'immense bâtiment de stockage tout en longueur. Une activité intense régnait, les hommes poussaient des transpalettes, portaient des sacs, des cageots, d'autres s'apostrophaient d'un geste amical, des groupes discutaient. Après avoir déchargé sa marchandise, mon grand-père aimait déambuler au milieu de l'immense hangar, il regardait l'amoncellement de légumes de toutes sortes, de fruits divers et gorgés de soleil qui encombrait l'espace. Il y avait une lueur de fierté dans ses yeux lorsqu'il me disait :

- « Regarde ces belles poires !...et toute cette marchandise ! »

Oui il était fier d'être un des hommes dont la mission était de nourrir la France, fier du travail éprouvant accompli par ses homologues dont le résultat multicolore et odorant surchargeait et engorgeait l'espace des grossistes en fruits et légumes. Il marchait tranquillement au milieu des palettes de marchandises plus hautes que moi, il tâtait les légumes, appréciait la maturité des fruits. Retournant au camion, il plongeait la main dans un cageot de pêches ou une caisse de poire, et il me tendait le fruit en souriant :

- « Tiens ! Goûte ça !

Et je croquais à pleines dents dans le fruit juteux et sucré par le soleil d'été.

Les commerçants ambulants

Plusieurs fois par an, une vendeuse ambulante conduisant un camion Citroën Belphégor aménagé en magasin passait chez mes grand-parents maternels. On reconnaissait de loin ce long véhicule carrossé bizarrement lorsqu'il s'engageait tout au bout de l'allée, l'été soulevant la poussière du chemin, reconnaissable d'autant plus que la conductrice annonçait son arrivée de très loin par de vigoureux coups de klaxon, ce qui faisaient bondir les chiens qui partaient en courant au devant de l'engin. La face avant de ce camion me faisait un peu peur, on aurait dit un clown triste ce bahut, avec ses phares placés tout en bas de la calandre striée, il semblait loucher sur ses pares chocs !

La vendeuse-camionneuse passait toujours un peu avant midi, juste avant l'heure des repas, car sa clientèle était occupé le restant de la journée aux travaux des champs et de la terre. C'est à cette heure-ci qu'elle était certaine de «

toucher » cette clientèle féminine occupée à préparer le repas, car les heures de fin de journée étaient bien trop aléatoires pour espérer trouver les bonnes personnes à la maison : c'était en effet en général le soir très tard l'été que les travaux s'arrêtaient, et souvent à la nuit tombée surtout l'hiver, même si, pendant cette saison froide, le nettoyage des poireaux par exemple se poursuivait dans la grange à la lumière électrique.

L'engin s'arrêtait lentement accompagné par les aboiements des chiens qui tournaient autour de cet intrus de véhicule A peine stoppée devant l'érable de la maison de famille maternelle, et pas le moins impressionnée par les chiens bruyants, la vendeuse-camionneuse descendait de la cabine en les apostrophant gentiment, et elle ouvrait au moyen d'une longue vis sans fin tout le côté du véhicule qui se levait alors dévoilant le capharnaüm intérieur du lourd engin. Son magasin ambulant proposait des vêtements de toutes sortes, des chaussures et une montagne impressionnante de pantoufles genre charentaises. A l'époque les personnes vivant à la campagne et surtout trop occupées par les travaux n'avaient pas la possibilité de faire les achats des biens et autres courses au même rythme qu'aujourd'hui. L'offre pléthorique de consommation que nous connaissons de nos jours n'existait pas, et ces marchands ambulants apportaient vraiment un service non seulement pour les gens qui vivaient un peu isolés, mais aussi pour ceux qui, comme mes grands-parents, étaient trop occupés par les travaux du quotidien pour se dégager du temps pour les achats autres que l'alimentaire. C'était l'occasion pour ma grand-mère et ma tante Sylviane d'acheter un "bleu" pour leurs hommes, une chemise ou une paire de pantoufles, et surtout de discuter avec la dynamique vendeuse pourvoyeuse de nouvelles et d'histoires en tous genres.

Nous les gamins nous nous hissions sur la pointe des pieds pour apercevoir tous ces trésors étalés et plus ou moins rangés par catégories, les piles de vêtements de travail, les "bleus", les boites de chaussures amoncelées en équilibre précaire, les rangées d'étagères et bien d'autres vêtements suspendus aux tringles du plafond...Avec mes yeux d'enfant il me semblait que cette caverne d'Alibaba ambulante renfermait des trésors dans ce gourbi inextricable et qu'il me faudrait bien plus d'une journée pour en explorer la totalité. Il y avait une sorte de magie dans ce camion, magie entretenue par la vendeuse qui disparaissant accroupie un instant derrière un monceau de vêtements réapparaissait avec à la main une paire de godillots, une chemise de nuit, un chapeau, un lot de paires de chaussettes, des serviettes de table, ou dans une poche plastique transparent une serviette de bain...Elle avait de tout, du nécessaire, du « on ne sait jamais ça peut servir », de l'utile et du moins utile. Ma grand-mère et ma tante Sylviane ne se laissaient pas souvent tenter par le bagout de la dame, elles savaient ce qu'elles voulaient et tombaient rarement dans ses gentils pièges .

M'avisant d'un mouvement du menton, elle leur demandait :

- « alors ça lui fait quel âge maintenant au petit ? »

- ...

- « ah ! C'est que ça grandit vite ! C'est pas trop les vêtements, c'est surtout les pieds. Je vois le fils de Jacqueline, il a à-peu-prés le même âge que le votre. Et bien elle est obligée de lui acheter une paire de botte tous les 6 mois ! »

Et brandissant sous leurs yeux une paire de botte en plastique d'enfant, accessoire indispensable dans les campagnes :

- « C'est pour cela que j'ai toujours ce modèle en plusieurs tailles »

Les deux femmes étaient ensuite invitées à toucher le tissu de cette robe, à examiner l'épaisseur du coton de ce Jean's, à juger de la taille de cette chemise déployée à grands gestes de sa pochette…

Au terme des achats, ou de la discussion, et pour couper court à toute nouvelle tentative de vente, ou bien tout simplement pour s'éclipser enfin, ma grand-mère ou ma tante qui ne dépensaient que le juste nécessaire s'exclamaient bruyamment :

- « Houla mais il faut que j'aille mettre la soupe à chauffer, les hommes vont pas tarder ! »

La vendeuse qui avait compris le message pas si subliminal que cela, repliait alors ses produits, et rangeait vite fait ses boites de carton :

- « alors je vous dis à la prochaine fois, je pense après la Toussaint, et j'aurai les vêtements d'hiver et les imperméables doublés »

Elle repliait et rabattait alors le côté du camion qui reprenait devant mes yeux stupéfaits sa forme normale, et elle se hissait au volant. Elle saluait son propre départ de deux coups vigoureux de klaxon, sous le regard des chiens maintenant indifférents, et repartait le long des granges rejoindre la route et poursuivre sa tournée dans une ferme ou exploitation voisine.

Sa venue faisait toujours à table lors du repas l'objet de récits et de commentaires. En effet ces commerçants ambulants qui se déplaçaient dans les villages et fermes ou exploitations plus ou moins isolées participaient à la vie sociale, connaissaient les différentes familles du coin, et apportaient les nouvelles des villes et villages voisins...et aussi les cancans et commérages !

Au Taillan, c'est le marchant de poisson, avec son petit camion gris, un Citroën HY, qui me reste en mémoire. Un petit engin tout cubique, ramassé sur lui-même, à la bouille bien sympathique qui me plaisait beaucoup. Dès que nous entendions le klaxon de cette poissonnerie motorisée, Mamie, ma grand-mère paternelle, abandonnait toute activité et prenant son cabas après avoir noué rapidement son foulard sur sa tête, se dirigeait au coin de la rue derrière la maison rejoignant ainsi les voisines autour du véhicule. Ces dernières examinaient déjà l'offre du commerçant, certaines d'entre elles discutaient cuisine, échangeaient recettes ou temps de cuisson de tel ou tel poisson. Le vendeur dans son camion dominait l'assemblée, il participait aux discussions culinaires, allait de ses conseils et avis tout en servant les clientes. Celles-ci tendaient le doigt vers la marchandise convoitée, le marchand enveloppait alors les poissons choisis dans du papier et les posait sur le plateau d'une balance semi automatique toute blanche, ce qui faisait osciller une longue flèche devant des séries compliquées de chiffres. Tout en discutant, il posait alors des poids sur le petit plateau de la balance et si je ne comprenait pas les tenants et aboutissants de cette manœuvre j'admirais néanmoins la maîtrise de cet homme : je jugeais que cette opération devait être importante car il en déterminait le prix de sa marchandise.

Je me débrouillais toujours pour accompagner ma grand-mère car j'aimais le spectacle des poissons étalés sur les présentoirs sur un lit de glace, il faut le dire plus ou moins épais. L'offre n'était pas formidable, le choix pour les ménagères n'était pas cornélien, mais chacune y trouvait son compte. Des gros poissons, des petits, de toutes formes, leurs yeux fixes proéminents semblaient contempler d'un air boudeur l'assemblée de ces femmes aux yeux inquisiteurs. Effectivement il n'y avait pas grand choix de poissons, et Mamie prenait toujours soit un merluchon qu'elle cuisinait en cour-bouillon avec des pommes de terre bouillies, soit des "Royans" : les "Royans" désignaient en fait de petites sardines et devaient leur nom au fait que dès la fin du Moyen Age ces poissons étaient pêchés par les pêcheurs Charentais de la ville de Royan qui en avaient fait leur spécialité, et cette activité avait contribué à la renommée de ce port atlantique. Cette petite sardine était très prisée et le terme "Royans" avait traversé les

145

siècles et est passé chez nous dans le langage courant. Mes grands-parents les faisaient griller au dessus d'une braise de sarments : c'était délicieux, et je m'en régalais immanquablement, d'autant plus que pour dépouiller cette chair délicate de l'arête dorsale, j'avais l'autorisation d'y mettre les mains !

Les éboueurs

Petit garçon j'étais fasciné par les éboueurs, leur gouaille et l'énorme camion sur lequel ils s'accrochaient et se balançaient comme des singes. A cette époque chaque maison avait une grosse poubelle en zinc avec un énorme couvercle que nous les gamins, nous subtilisions souvent car nous nous en servions comme bouclier pour jouer au chevalier du Moyen-Age. Comme la plupart de ces couvercles de poubelles étaient en mauvais état et bien cabossés, les adultes ne nous disaient trop rien lorsque nous les empruntions pour nos jeux. Aussi, rassurés par ce tacite consentement, nous n'avions aucun état d'âme pour y taper dessus à grands coups de bâton ou de latte de bois qui nous servaient d'épées. Il arrivait souvent bien sûr que les moulinets de nos Durandal en bois atterrissent sur nos doigts ou avants bras, mais chaque fois c'étaient nos cris de guerre intempestifs et non les sanglots de quelques coups ou blessures qui faisaient sortir précipitamment des maisons nos parents ou grands-parents agacés par tant de charivari.

Chaque fois que cela m'était possible, les jours de ramassage des poubelles, j'attendais donc le ronflement du camion des éboueurs avec impatience pour me précipiter dehors au bout de l'allée de chez Mamie. On l'entendait arriver de loin ce camion ! On entendait d'abord les accélérations brusques et régulières du moteur marquant les courts départs et arrêts du véhicule. Puis au fur et à mesure qu'il se rapprochait, on percevait les voix et coups sifflets stridents des éboueurs guidant le chauffeur. Le camion arrivait enfin à ma vue : le pot d'échappement remontait le long de la cabine et était surmonté d'un clapet qui se levait à chaque accélération projetant alors dans le ciel un nuage noir. De loin il me faisait penser à un paquebot !

Les sifflements des éboueurs à l'intention du chauffeur rythmaient les arrêts et les départs de leur camion. Ils soulevaient à la force des bras les énormes poubelles et les vidaient sans ménagement dans la benne carrée malodorante à l'intérieur de laquelle j'apercevais un poussoir qui entraînait les détritus dans son fond mystérieux. Cette benne était flanquée à ses bords extérieurs de crochets auxquels ces hommes pendaient les objets non compressibles qui ne rentraient pas dans les poubelles de tôle. Il y avait donc quelquefois des moitiés de vélos, des restes de meubles en bois...tout un bric-à-brac improbable qui oscillait à grand bruit en s'entrechoquant contre la benne, et qui me laissait bouche bée debout les yeux écarquillés.

Les éboueurs échangeaient entre eux de grands cris, et de la petite plateforme arrière, lâchant l'anse de maintien de la benne, ils sautaient du camion, attrapaient avec force les poubelles à la volée, les déversaient rapidement dans le cul de la benne, et vides, les reposaient sans ménagement, voire les lançaient sur le bord de la route dans un grand bruit de ferraille. Rigolards, ils me faisaient de grands signes de leurs gants énormes et sales, et m'apostrophaient toujours :

- "attention à toi gamin !"

Ou bien :

- "tu n'es pas à l'école aujourd'hui ?"

Mais pressés, ils n'attendaient pas ma réponse,

d'un long sifflement aigu et strident prévenaient le chauffeur, sautaient lestement sur la plateforme arrière, et s'arrêtaient quelques dizaines de mètres plus loin bondissant du camion vers des poubelles toutes tordues et mal coiffées qui patiemment attendaient leur tour sur le bord de la petite rue du village.

L'école communale maternelle et primaire

Les classes de l'école communale du Taillan étaient situées en plein bourg et distribuées de chaque côté de la route : une partie dans des bâtiments de pierre jouxtant les derrières de la mairie, et une autre partie de l'autre côté donc de la route, juste en face de la mairie, dans des préfabriqués entourant le bâtiment de la cantine auquel étaient collés un petit préau, les toilettes, une pièce extérieure mystérieusement toujours fermée – laquelle abritera quelques années plus tard les locaux et laboratoire du premier club photo – et un autre bâtiment faisant face à la route de toute sa longueur.

De ma première année de maternelle je ne me souviens que de mon masque et de ma cape noire de Zorro. Les jeux étaient rangés dans des bacs sur le côté gauche le long d'une vaste et unique pièce rectangulaire, tandis qu'à droite nous accrochions nos vêtements. C'était donc dans le bâtiment en face de la marie, bâtiment aujourd'hui détruit et qui a abrité la bibliothèque municipale avant que celle-ci ne soit transférée dans la médiathèque du Polca. Nous accédions à la classe sur le côté droit de ce bâtiment via la cour de l'école, et après avoir grimpé trois ou quatre hautes marches. Je ne me souviens ensuite seulement que de la cour bruyante des cris des enfants, et du fait que ma mère m'avait dit en me récupérant en fin d'après-midi qu'elle était fière de moi car je n'avais pas pleuré ce jour de la rentrée des classes !

En 1971 j'ai traversé la route et je suis arrivé dans la classe de Madame Leboucher, une femme adorable à la voix très douce. L'entrée se faisait rue Stéhélin via un préau qui donnait sur la cour de l'école derrière la mairie. Sous les vieilles poutres de bois de la charpente de ce préau étaient soudés à une barre d'acier des crochets permettant de pendre les vélos. Ce souvenir de ces bicyclettes accrochées un peu de guingois reste dans ma mémoire. De la classe de Madame Leboucher je ne me souviens que des marches qu'il fallait descendre depuis la cour et qui permettaient de prendre le couloir pour accéder aux classes, ainsi que des dessins à la peinture à eau que je faisais sur des feuilles que la maîtresse scotchait ensuite sur les murs. Les dessins ou les activités les plus réussies étaient récompensées par des petites vignettes ou images que donnait Madame Leboucher, et nous les échangions ensuite entre nous durant la récréation.

Certains après-midi à la belle saison nous avions comme activité de nous occuper d'un petit jardin potager. Ce dernier était juste au dessus du lavoir, jouxtant la cour des classes de CM2 et CE2 où trônait un énorme magnolia. On accédait à cette dernière cour par un étroit passage derrière le bâtiment central où habitait le directeur de l'école Monsieur Pometan et sa femme. Chaque bambin avait sa pelle ou son râteau en plastique, seau ou arrosoir, et Madame Leboucher gérait le groupe des enfants autour de ces activités agricoles. Je ne me souviens plus de ce que nous y faisions exactement, ni s'il y avait réellement des légumes ou autres, mais je me revois toujours portant mon seau devant la maîtresse à genou qui aide en souriant une petite fille à ratisser je ne sais quoi.

En 1972 je suis rentré en CP dans la classe de Madame Dubroca. Nous avons traversé la route car ces classes-là étaient installées dans les préfabriqués en face de la mairie et de l'autre côté du grand bâtiment qui faisait office de cantine. Ces préfabriqués rectangulaires, collés les uns aux autres avaient été construits car l'école étaient trop petite et ne pouvait faire face à l'augmentation de la population qu'à connue le Taillan au début des années 70's...et ils ont été utilisés longtemps ces préfabriquées ! Il y faisait chaud l'été malgré les larges ouvertures vitrées situées à mi-hauteur, et un peu froid l'hiver malgré le poêle à mazout qui trônait dans un coin de la longue pièce.

Tous les matins Monsieur Duluc venait ramasser les tickets de cantine des enfants qui y mangeaient le midi. Lorsqu'il rentrait dans la classe, comme un seul homme, tous les élèves se levaient, et ce n'est que lorsque Madame Dubroca nous l'ordonnait que nous nous rasseyions pour poursuivre nos activités. L'hiver, en plus, Monsieur Duluc allumait les poêles de toutes les classes des préfabriqués tôt le matin avant que les élèves arrivent.

C'est dans la classe de Madame Dubroca que j'ai appris à écrire, a former maladroitement les lettres avec mon porte plume. Nous avions en effet sur nos bureaux de bois une petite cavité qui servait d'encrier dans laquelle notre maîtresse versait un peu d'encre. Il fallait tremper délicatement la pointe de nos plumes dans le liquide noir, tapoter légèrement sur le rebord, puis on pouvait tracer les lettres en suivant plus ou moins la ligne de la feuille ou bien le haut du buvard. C'était laborieux et je garde le souvenir de mes doigts tachés d'encre ! Je pense que nous étions la dernière génération a avoir utilisé les portes plumes classiques, et je me souviens très bien comment il fallait bien essuyer la plume avant de la changer lorsque les deux parties étaient trop écartées pour donner une écriture correcte et fine. Ce qui est certain c'est que l'année d'après en 1973 en CE1 chez Madame Pometan nous les avions toujours car, lorsque la maîtresse avait le dos tourné, ou bien en son absence, nous nous amusions à lancer comme des couteaux le porte plume pour qu'il se plante sur le plancher de la classe. Le but était qu'il se fiche droit dans le bois. Et un jour, ce qui devait arriver arriva : un garçon lança son porte plume plus ou moins vers le sol au même instant où une fille se baissait pour ramasser le sien, et le porte plume se ficha dans le front de la fillette à quelques centimètres de son œil ! La baffe qu'il reçu de la part de madame Pometan l'institutrice ainsi que l'engueulade et la punition qui ont suivi nous calma pour les semaines à venir.

Je ne me souviens plus en quelle année nous avons abandonné les portes plumes pour utiliser les stylos plumes rechargeables avec leurs cartouches d'encre, mais nous avions ces derniers en 1976 à l'entrée en CM2, car je me souviens très bien que nous éventrions les cartouches vides pour récupérer les petites billes transparentes dont nous faisions collection. Nous les stockions dans des petites boites d'allumettes en carton que nous secouions avec force pour faire du bruit.

De 1973 notre pays ne retiendra que le premier choc pétrolier qui changera le monde pour les années à venir, mais pour moi c'est mon entrée en CE1 dans la classe de Madame Pometan, une femme à l'autorité sans faille. Plus âgée que mes deux précédentes institutrices, elle avait cette autorité naturelle des anciennes générations, et il est vrai qu'en classe nous ne mouftions pas ! Elle avait fait la classe aux générations précédentes de galopins et savait se faire respecter. Nous devions nous mettre en rang deux par deux dehors devant la classe, et à son ordre, nous rentrions nous mettre devant nos bureaux. Pas question de s'asseoir avant qu'elle-même arrive devant le tableau et face aux enfants, nous en donne l'ordre.

Comme les autres institutrices et instituteurs du Taillan, Madame Pometan connaissait très bien ma famille. J'étais repéré à ce titre, mais aussi par le fait que son époux, directeur de l'école, s'occupait aussi des enfants le mercredi au stade municipal dans le cadre du football : il connaissait bien tous les gamins du Taillan qui tous étaient inscrits au club du football.

Je ne peux pas évoquer l'école du Taillan et mon enfance sans parler de Monsieur Pometan. Il s'appelait Jean Pometan, c'était un homme grand, à la voix grave et posée, inspirant naturellement le respect. C'était un homme extraordinaire, qui a donné énormément de son temps pour l'école, les habitants de la commune, et le club de football : l'Amicale Sportive Taillanaise. Il était toujours présent pour ceux qui en avaient besoin, il a aidé beaucoup de personnes, il a mis ses connaissances, son savoir et son statut à la disposition de tous. Il a été très investi dans le développement du football dans la commune, et plus largement, il a été à l'origine de l'essor du sport et de ses bienfaits et valeurs pour les jeunes du Taillan. Ces derniers se retrouvaient tous les mercredis et le week-end au stade partageant l'exercice physique et ses belles valeurs morales. Monsieur Pometan a su créer une dynamique autour du club de football dont il était le président, faisant ainsi le lien entre les domaines éducatifs et sportifs. Il était apprécié de l'immense majorité des habitants, même de ceux qui n'étaient pas politiquement de son bord. C'était un homme de gauche, un des rares qui actait ses convictions au quotidien dans les faits et au bénéfice des personnes. Ils avaient à peu près le même âge avec mon grand-père Henri qui était lui était un homme de droite, mais mon grand-père l'appréciait énormément et parlait de lui avec beaucoup de respect. Lorsqu'ils se rencontraient ils échangeaient amicalement sur l'actualité, les anecdotes, mais je voyais bien que mon grand-père n'était pas aussi familier que lorsqu'il était avec ses amis. Il avait beaucoup d'estime pour Monsieur Pometan, et cela se voyait dans son regard.

Mon grand-père un jour m'avait dit :

- « Tu vois la politique ce n'est que pourriture. Ce qui compte c'est le bonhomme, c'est l'homme. Et lui, je peux te dire, c'est un sacré bonhomme ! »

Mais c'est mon père qui avait beaucoup d'admiration pour lui. Monsieur Pometan aurait pu être son paternel, et il l'avait connu à l'époque où, en l'absence du stade de foot qui n'existait pas encore, les matchs avaient lieu le week-end à l'entrée du Taillan dans les prés où paissaient tranquillement les vaches durant la semaine. Il fallait donc enlever les bouses de vaches, tracer les lignes et installer les cages avant chaque rencontre. Mon père, comme tous les garçons de sa génération a côtoyé Monsieur Pometan dans le cadre du football, et a vécu l'engagement de cet homme pour les jeunes du Taillan. Mon père le tenait en très haute estime, l'a toujours considéré comme un modèle de don de soi au profit du club de football et des gamins, et je dois dire qu'à de nombreux égards Monsieur Pometan a été son modèle. Avec quelle fierté et émotion, mon père est revenu un jour à la maison avec un cadeau personnel que lui avait fait Monsieur Pometan : pour les vingt ans d'implication de mon père pour le club de football du Taillan, Monsieur Pometan lui avait offert une médaille commémorative. Cette médaille est toujours restée dans une des vitrines de notre bibliothèque, bien mise en valeur dans l'écrin de velours de la boite ouverte.

Monsieur Pometan a été maire de notre village de 1977 à 1995, et aujourd'hui une de nos écoles porte heureusement son nom...c'est le minimum ! Il faisait partie de ces personnages entiers, engagés, et entièrement dévoués à la cause commune. C'était un homme public désintéressé et extrêmement honnête. Comme beaucoup de bâtisseurs d'âmes de cette génération, il se retournerait dans sa tombe s'il voyait la déliquescence dans lesquelles sont tombées aujourd'hui l'Éducation Nationale et les mentalités de notre pitoyable monde politique.

Pour en revenir à Madame Pometan, oui il fallait qu'elle ait de l'autorité pour tenir la bande de gamins turbulents que nous étions. Avec deux ou trois garnements j'étais parmi les garçons les plus bagarreurs à la récréation : poursuites, jeux de ballons improvisés, bagarres et autres activités sportives improbables avaient souvent raison de mes vêtements. Parmi les meneurs, j'étais toujours aux avants postes et j'adorai "foncer dans le tas" en entraînant derrière moi les galopins hurlants. Très marqué par les B.D d'aventures, j'ai voué pendant des années un véritable culte à Surcouf, le corsaire malouin, dont j'avais découvert par hasard les péripéties dans une vieille bande dessinée ayant appartenu à un de mes oncles. Je m'imaginais corsaire enjambant furieusement les bastingages pour me jeter à l'abordage des navires anglais ou des gros vaisseaux de commerce de la Compagnie des Indes au milieu de la fumée des explosions et des cliquetis des sabres. Ces débordements excessifs m'ont souvent valu des yeux au beurre noir et des bleus aux cuisses et avants

161

bras car les anglais se défendaient avec fureur. J'exhibai cependant avec fierté ces commotions et autres légères blessures inhérentes à mon statut de casse-cou des cours de récré emportant ainsi le respect de mes camarades qui comme moi rentraient aussi en classe dans le même état.

Les temps n'étant pas ceux d'aujourd'hui, mes grands-parents et maîtresses d'école disaient que j'étais un peu polisson, voire remuant. Aujourd'hui dans notre langage moderne aseptisé et emprunté, et surtout prudent à l'accès, on dirait que j'étais hyperactif, voire HPI ! Mais non...pas plus intelligent que les autres ! Et en aucun cas je ne compensais une quelconque frustration par une énergie débordante. La réalité objective m'oblige à dire que je n'étais en fait juste qu'un petit branleur. Pas méchant pour un sou, mais un mignon petit branleur quand même. Il était récurrent que ma grand-mère me récupérait à la sortie de l'école avec un pull effiloché, une veste déchirée ou mes pantalons troués aux genoux. Ces derniers pépins quasi hebdomadaires faisaient qu'on me cousait des paires de coudes sur mes vestes et des genouillères sur mes pantalons. Ces patchs en simili cuir ou skaï étaient alors à la mode dans les années 70's, et avec les cols roulés ils étaient des grands classiques que l'on revoit avec amusement sur les photos de classe de cette époque.

Je me trimballais donc avec mes "ronds" aux genoux et aux coudes, et comme disent mes filles aujourd'hui, c'était "stylé" ! Le mauvais côté de cette affaire était que, ainsi paré, j'étais persuadé que mes vêtements étaient bien protégés. Cela n'arrêtait donc en rien mes jeux et tribulations endiablées des cours de récréation. Un jour l'incident de trop me calma néanmoins : je revins à la maison avec la couture de la poche arrière de mon pantalon complètement déchirée et les deux genouillères en cuir trouées. Ma mère excédée me lança en colère devant les voisins et mes copains :

-" Thierry c'est la dernière fois ! J'en ai marre ! La prochaine fois tu repars le lendemain matin à l'école en slip !"

Cette menace me marqua profondément et m'effraya même. Ma mère ne se fâchait contre moi que rarement, et je pris conscience d'avoir un peu dépassé les bornes. J'étais par ailleurs très pudique, et je ne pouvais imaginer la scène de mon arrivée le matin en slip devant tout le monde à l'entrée de l'école. L'énervement non feint de ma mère lorsqu'elle lança ces paroles me donna peur qu'elle mette ses menaces à exécution. J'étais trop jeune et surtout trop naïf pour savoir que ma mère n'aurait jamais fait une chose pareille. Mes parents m'ont très rarement giflé, et je n'ai pas souvenir d'une quelconque fessée. Les quelques coups de pied au cul que j'ai reçu de la part des adultes de mon entourage n'étaient que des gestes non appuyés, justes symboliques pour marquer le holà. Mes parents m'ont toujours expliqué rationnellement les choses, fait comprendre les conséquences de certains actes, les lourdeurs de certains comportements, et bien souvent en haussant le ton. Les valeurs de politesse et de respect étaient placées très hautes et relayées en ce sens par mes grands parents et mes arrières grand-mères. L'explication et l'apprentissage primaient sur la répression, et s'il fallait appliquer une sanction, leur système d'éducation reposait en dernier lieu dans les menaces de punitions et enfin si nécessaire leur mise à exécution : je pouvais être puni de télévision, puni de football avec les copains, puni d'aller à la chasse avec Papé et toute sa bande de copains, puni de vacances...et cela suffisait et marchait très bien pour me faire comprendre que j'avais été trop loin !

Bien des années après nous avons souvent évoqué en riant avec ma mère l'histoire de la menace d'aller à l'école en slip. Elle m'a avoué qu'elle avait lancé ces paroles en désespoir de cause, à la volée, sans trop y avoir réfléchi, et finalement très heureuse et soulagée que cela ait si bien fonctionné.

Dans l'hiver, lors de la fête de la Saint-Hilaire, je me revois descendre du manège et reconnaître l'imperméable marron de ma grand-mère maternelle Raymonde dans la petite foule des grandes personnes. Je sautais à pied joints la dernière marche, et me précipitais vers elle en courant. Je lui sautais au cou tout heureux pour lui faire un bisous, et là, se retournant soudain surprise mais m'accompagnant dans ma course en me prenant sous les bras, Madame Pometan m'embrassa elle aussi devant les adultes présents qui éclataient de rire. Je m'étais trompé, leurré par l'imperméable, j'avais pris ma maîtresse d'école pour ma grand-mère ! J'ai été saisi par sa douceur, son rire, la joie de son regard à des années lumières de l'image sévère qu'institutrice elle se donnait en classe.

En 1974 je rentre en CE2 dans la classe de mademoiselle Desbat. Nous retraversons la route dans l'autre sens pour nous retrouver dans le bâtiment de la mairie. Mademoiselle Desbat était ce que l'on appelait à l'époque une « vieille fille » c'est à dire qu'elle était restée célibataire. Elle était très douce mais inflexible sur la présentation des cahiers et l'écriture ! Je me souviens très bien d'une engueulade mémorable qu'elle m'avait passée. Nous devions pour chaque exercice que nous faisions en classe inscrire nos initiales en haut à gauche de la feuille avant de la lui rendre, et bien sûr j'y avais inscrit les miennes : TB. Or je ne sais plus pourquoi, mais en tous cas sans faire attention, j'avais écrit en rouge, et elle avait cru que je m'étais noté moi-même par un « très bien » ! Je n'ai pas compris immédiatement l'objet de sa colère, je n'avais pas fait le lien avec la signification des lettres TB dans la notation. Je pense qu'elle s'en est rapidement rendu compte en voyant ma tête ahurie et je pense apeurée car je n'avais pas vu venir l'orage qui s'est abattu sur moi. Je peux affirmer au lecteur que cet épisode m'a servi de leçon durant toute ma scolarité, et j'ai fait état de mes initiales avec prudence ...et même après, voyez-vous je m'en souviens encore !

En 1975 Dave nous entraînait « Du côté de chez Swann », même si moi je préférais me déhancher devant la télévision de mes grands-parents en chantant avec lui « Vanina » ! Et nous les gamins en chemin pour l'école, nous retraversâmes la route pour intégrer la classe de CM1 de Monsieur Gandi.

Monsieur Gandi était un personnage ! Il était notre instituteur la semaine et en même temps notre entraîneur de football le mercredi après-midi ainsi que pour le match du week-end. Il était en effet lui aussi très impliqué dans la vie associative du club de football dont il était une figure incontournable. Autant dire qu'il nous connaissait très bien, et nous de même. En fait, pour les garçons qui jouaient au football, c'est à dire neuf garnements sur dix, on le fréquentait et on le voyait autant que nos parents !

Oui c'était un personnage, un amateur de jeu d'échecs, et un vrai passionné de sport, à tel point qu'aux beaux jours, en sa qualité d'instituteur, il lui arrivait d'amener toute sa classe au stade municipal pour des activités sportives. Nous nous rassemblions alors dans la cour devant les préfabriqués, et il nous faisait remplir nos gourdes aux robinets d'eau des toilettes. Puis en rang par deux, nous partions à pied jusqu'au stade pour l'après-midi. Nous étions heureux de nous évader de nos préfabriqués et de pouvoir nous défouler. Il nous faisait faire des courses, des concours de sprint, des relais...et bien sûr cela se terminait par un petit match de foot avant de revenir à l'école !

C'était un très bon instituteur, lui aussi très à cheval sur la qualité de l'écriture et la discipline. Il était très maniaque sur la présentation des cahiers, et ne supportait pas le chahut ou le bruit dans sa classe. Il s'approchait du gamin perturbateur en fronçant les sourcils, et lui pinçant la joue du pouce et de l'index le levait lentement de sa chaise en lui criant :

- « Mais tu as bientôt fini oui ! »

La moindre récidive de l'écolier qui n'avait pas compris la première fois était stoppée de la même manière, sauf que là, il faisait soulever l'indiscipliné de sa chaise en lui tirant les petits cheveux du dessus des oreilles. Je peux affirmer que cela fait mal...mais bon, on s'en remet vite !

Je pense aussi qu'il était maniaque à l'excès : il utilisait une lame de rasoir pour gratter délicatement les écritures qui dépassaient trop de la ligne, ou corriger les fautes d'orthographe. Minutieusement il grattait ainsi l'encre qui disparaissait ne laissant quasi pas de trace sur la feuille.

Un jour il nous a fait beaucoup rire. Nous traversions une période où il y avait pas mal de poux dans l'école, et tous les matins, il procédait à une inspection minutieuse des cheveux de ses élèves. Il prenait pour cela deux crayons à papier et examinait la tête de chacun à la recherche des lentes ou des parasites. Lui-même en prévention noyait sa chevelure brune dans des tonnes de poudre blanche Marie Rose qui le faisait vieillir de dix ans, et un jour, exaspéré par les fautes d'orthographe d'un élève, il avait bondi horrifié en se frappant la tête à deux mains. Ce geste brusque sur sa chevelure avait dégagé un nuage de poudre au-dessus de lui qui avait fait éclater de rire toute la classe !

Mais c'était un homme dévoué qui aimait les enfants, et qui leur a consacré toute sa vie. Nous étions bien trop jeunes pour voir en ces femmes et ces hommes, nos institutrices et nos instituteurs de l'école communale, leur passion pour l'enseignement et leur dévouement pour l'instruction des enfants. Nous ne les jugions à tort que selon leur degré de sévérité et leur niveau d'exigence envers nous, mais c'est justement grâce à cette sévérité, rigueur et exigence qu'ils ont pu tenir la bande de gamins que nous étions et nous donner toutes les chances d'avancer dans la vie.

Nous faisions à cette époque de Monsieur Gandi, au moins nous les garçons, beaucoup de sport, officiel ou pas, football, vélo, courses...parties au pré d'Hosteins. La cour de récréation était le lieu de nos jeux turbulents, excessifs, voire un peu violents. Nous nous bagarrions entre nous, nous nous bagarrions contre les gitans qui fréquentaient l'école et qui nous attaquaient souvent, ou tout simplement nous formions des groupes dans le seul but d'organiser des batailles, et dans ces derniers cas je reprenais toujours mon personnage fétiche de Surcouf le tigre des sept mers ! Un jour Madame Dubroca qui était aussi une amie de mes parents avait dit à ma mère :

- « Christiane, ton fils je ne le vois jamais debout à la récréation, il est toujours par terre en train de se bagarrer ! »

Nous inventions des jeux aussi. Celui qui nous amusait le plus était de nous aligner dos collé au grand préau de fer tandis qu'à quelques mètres, un ou deux camarades lançaient avec force une balle de tennis pour toucher l'un d'entre nous. Le gamin touché par la balle était éliminé et sortait du jeu, le dernier restant étant le gagnant. Bien sûr tous les coups étaient permis que ce soit pour lancer la balle avec la main ou en la frappant furieusement avec le pied, de même que pour l'éviter en sautant, plongeant à terre, ou en empoignant violemment un camarade pour s'en faire un bouclier. C'était un jeu que nous adorions et qui prenait toute sa saveur les jours de pluie où la balle de tennis était trempe et sale ! Un jour pluvieux un copain a reçu cette balle de tennis dégueulasse en plein front et malgré l'injonction de Monsieur Gandi d'aller se passer la tête sous l'eau du robinet, le gamin en avait encore la trace en fin de journée quand sa mère l'a récupéré. Toute la semaine nous l'avons surnommé Björn Borg !

1976 ! L'année de la sécheresse, de ce terrible été où mon grand-père et mon oncle Jean-Pierre s'activaient jusque très tard dans la nuit pour la surveillance des arrosages et du moteur au bord de la jalle qui alimentait le réseau d'irrigation des cultures. J'entends et je revois toujours aujourd'hui ma grand-mère Raymonde rentrant dans la cuisine en soulevant l'épais rideau de toile de coton en s'exclamant :
- « Mais c'est du feu qui tombe dehors ! »
C'est aussi l'année de mon entrée en CM2 chez Madame Pomies ma tante, la sœur de mon père. Nous retraversons encore une fois la

route pour intégrer sa classe dans le bâtiment en pierre de la mairie. Il y avait deux classes de CM2 : la sienne et celle du directeur Monsieur Pometan, autant dire deux personnes qui avaient la réputation d'être sévères et pas commodes. Nous avons appris plus tard, à nos dépends, que ces deux classes communiquaient via une petite trappe dissimulée : un jour que ma tante s'était absentée de sa classe, le chahut que nous faisions a alerté Monsieur Pometan, dont nous avons vu stupéfaits et figés le visage en colère dans l'ouverture de la lucarne. Le ton sans appel de sa voix grave a vite rétablit le calme !

Oui c'est vrai ma tante avait la réputation d'être sévère avec ses élèves. Je me suis donc tenu à carreau pendant cette année-là, non pas que j'avais peur d'elle - je la voyais quasi tous les jours, nous mangions tous les midis chez Mamie, elle me voyait grandir depuis ma naissance, c'est elle qui m'avait appris à me tenir en équilibre sur mon premier petit vélo en m'apprenant à pédaler sans les roulettes, et je savais très bien qu'elle était adorable – mais je ne voulais pas la décevoir en donnant une image de moi peu avantageuse. Début de la

sagesse ? Ou de la réflexion ? J'en ai conclu
rapidement que pour ses élèves, dont la plupart
étaient quand même de sacrés loustics – moi
compris - , elle s'était construite elle aussi un
personnage.

Au-delà de cela, ma classe de CM2 reste un de
mes meilleurs souvenirs car ma tante savait
intéresser ses élèves par ses cours quels qu'ils
soient. Elle savait expliquer, donner des
exemples, lancer des discussions – une fois
elle nous avait demandé comment nous
pensions que nous vivrons en l'an 2000, ce qui
avait lancé un débat passionné - et c'était la
première fois de ma vie d'écolier que j'avais
l'impression d'un échange avec l'enseignant,
lequel nous donnait la possibilité de participer
à son cours, plutôt que de recevoir un
enseignement qui ne passait que par une
communication purement verticale.

C'est avec elle que nous avons découvert
comment faire des exposés, comment faire un
plan, et elle nous donnait carte blanche sur les
sujets que nous voulions présenter devant la
classe. J'ai fait plusieurs exposés mais je ne
me souviens plus que de celui sur la Guerre de
Sécession des Etats-Unis (sujet qui ne devait

intéresser que moi !), et celui sur les fourmis dont la structure sociétale me passionnait. Elle a vraiment donné aux enfants que nous étions la possibilité de nous exprimer, et par le fait, elle nous a enseigné des choses nouvelles et riches car pas toujours et forcément en lien avec le programme stricto sensu. C'est ainsi qu'un jour elle a accueilli dans sa classe le grand-père d'un camarade de classe qui avait fait un séjour au Gabon. Le Gabon en 1976, ce n'est pas tout le monde qui y mettait les pieds. Mais elle a fait en sorte que cet homme vienne présenter à sa classe ce qu'il avait vu, comment les gens vivaient là-bas...et je me souviens qu'il nous avait fait toucher un grand boubou en tissu coloré et des petites sculptures de bois noir qu'il avait ramené.

Ma tante nous a fait apprendre des poèmes de grands auteurs : Verlaine, Eluard...dont je retrouvais avec surprise quelques œuvres dans la bibliothèque de mes parents, et cela m'a aidé à partir à la découverte de nouveaux livres et auteurs de notre riche histoire littéraire.

Mais ce qui m'a suivi le plus longtemps venant d'elle, est le cahier petit format que nous remplissions et complétions tout au long de l'année scolaire. D'un côté les règles de grammaire, et de l'autre coté du cahier, dans l'autre sens, les règles de conjugaisons. Elle nous avait dit :

- « Avec ce cahier vous ne ferez plus jamais de fautes ! »

Et c'est vrai, je peux l'affirmer. J'ai utilisé ce cahier chaque fois que j'avais un doute à dissiper, et ce, jusqu'à mes années de Fac !

Et puis tiens allez, je vais parler comme un vieux con, et en faire se gondoler quelque uns et quelques unes dans leur fauteuil : je peux affirmer aussi une chose - et pas seulement en ne faisant état que de ma tante, mais de toutes ces institutrices et tous ces instituteurs qui nous ont accompagnés durant nos années à l'école communale – c'est qu'à mon époque, les enfants en fin de CM2 et donc à l'entrée en 6° savaient tous très bien lire et écrire en ne faisant qu'un minimum de fautes, voire pas du tout, comme c'était le cas pour la plupart d'entre nous.

A l'extérieur de la classe, outre le fait que Monsieur Pometan et ma tante forçaient par leurs réputations respectives la méfiance et la crainte des élèves, un autre élément plus terre à terre contribua à assagir notre troupe cette année-là : c'était tout simplement la cour de récréation. Cette dernière était petite, avec un seul modeste préau tout en longueur sans cachette possible, et surtout, cette cour était entièrement goudronnée, contrairement à la grande cour des préfabriqués de l'autre côté de la route qui avait des espaces de gravillons, terre battue et même mélange sablonneux. Nous ne pouvions donc échapper à la surveillance serrée de Monsieur Pometan, Mademoiselle Desbats et ma tante...et comme le revêtement de la cour était un frein en ne nous permettant pas de glisser, déraper ou nous rouler par terre sans nous faire mal, nous avons dû nous réinventer.

Nous avons donc cette année-là gardé nos jeux les plus remuants, expressifs et hauts en couleurs pour le pré d'Hosteins et les rues du bourg du village le week-end. A l'école nous jouions donc souvent à la récréation aux osselets. Nous faisions des parties endiablées, des tournois, des défis, certes bruyants mais plus calmes que les années précédentes. Les seuls cris que nous avons entendus de la part de ma tante étaient dus au fait qu'un jour nous étions rentrés en classe sans nous laver les mains !

Néanmoins chassez le naturel et il revient au galop. Un jour que nous jouions à des poursuites, pour distancer un camarade à mes trousses j'ai foncé au milieu d'un groupe de filles qui jouaient à l'élastique...et je suis rentré de plein fouet dans l'une d'entre elles qui n'a pu s'écarter à temps. Le choc a été assez violent et un peu désorienté, j'ai eu soudain une sensation bizarre dans la bouche. Éberlué je contemplais dans ma main une moitié de dent...et c'était la mienne ! Heureusement ce jour-là se trouvait être le jour où la dentiste du Taillan avait été sollicitée dans le cadre d'un programme de prévention pour examiner la dentition des gamins au sein de l'école. Je fus immédiatement amené à elle. Elle m'examina, et me demanda comment cela s'était passé. Elle s'écria alors devant ma tante en se levant soudain :

- « Quoi sur la tête de ta camarade ?!? Mais elle doit avoir un trou dans le cuir chevelu ! Elle doit saigner ! »

Les deux femmes partirent alors

précipitamment en courant à la recherche de la fille en question me laissant en plan la bouche ouverte assis sur ma chaise. Mais elle n'avait rien la gamine, absolument rien, car ma dent avait heurté sa barrette et s'était brisée sur ce morceau de ferraille qui avait protégé son cuir chevelu !

Mon arrière grand-mère paternelle : mémé Poupoune

Une toute petite bonne femme pas bien épaisse au regard apaisant derrière des lunettes à la fine monture. Toujours habillée de noir et de son éternel tablier de ménagère. Elle était sourde comme un pot et faisait l'objet de temps en temps de gentilles railleries de la part de mon oncle Alain, le plus jeune des frères de mon père, qui dans la longue pièce de la cuisine lui parlait en mettant ses mains en porte voix et en hurlant exagérément comme si elle était à l'autre bout du village. Secouant la tête, elle rigolait alors aussi sachant bien que c'était une plaisanterie car toute la famille l'adorait.

Elle s'appelait en fait Raymonde et était née le 26 octobre 1897.

Pourquoi l'appelait-on Poupoune ? Je ne sais pas. Peut être parce c'était une petit bout de femme toute dévouée à sa famille, d'une gentillesse incroyable et toujours occupée dans les tâches ménagères au profit des siens.

Qu'est ce que je l'aimais ma mémé Poupoune ! Elle s'inquiétait toujours pour ses cinq petits enfants, et bien que ces derniers oscillaient entre une vingtaine et une trentaine d'années (des adultes à mes yeux d'enfants !) elle leur parlait comme s'ils n'avaient pas grandi, et s'inquiétait toujours pour eux.

Lorsque je passais la nuit chez mes grands parents paternels, je n'avais pas de lit attitré. S'il y en avait un de libre car un de mes oncles était absent, on me l'attribuait, sinon je partageais le lit d'un de mes oncles, ou celui de ma grand-mère Yvette, ou bien celui de mémé Poupoune. Ma préférence allait pour ce dernier qui était haut perché. J'aimais les draps de lin un peu rugueux au toucher mais qui sentaient bon le propre. Je montais, ou plutôt escaladais l'armature en bois épais de ce grand lit qui trônait au milieu de l'immense chambre au plafond haut, et qui était flanqué de chaque côté des deux autres lits plus petits dans lesquels couchaient mes oncles. J'adorais l'épais édredon qui recouvrait ce couchage et je m'y enfouissais avec cette douce sensation de sécurité. L'hiver, mon arrière grand-mère,

181

ou ma grande-mère Mamie mettait une bouillotte de terre cuite au fond du lit, et j'y appliquais mes pieds pendant que Pouponne s'installait.

Le matin mémé Poupoune me préparait mon petit déjeuner : un chocolat au lait avec des tartines beurrées. Après avoir fait chauffer le lait sur la plaque de la cuisinière, elle versait le liquide chaud et fumant dans un bol au fond duquel la poudre de cacao cachait un morceau de sucre espiègle. Elle remuait le tout délicatement et je regardais la petite cuillère dessiner l'onctueux mélange. Pendant que je buvais mes premières gorgées en regardant la tête joviale du tirailleur Sénégalais sur la boite jaune du Banania, elle me disait :

- « allez, on va faire des papillotes »

Elle prenait alors dans le frigo la motte de beurre durcie, et y raclait un couteau sous la lame duquel naissait de fines papillotes de beurre qu'elle étalait sur ma tartine. Lorsque mon chocolat au lait était trop brûlant, elle prenait le bol et sortait de la maison pour le poser dehors sur le banc en pierre devant la treille. Elle me prenait par la main et me disait :

- « surveille bien ton bol que les chats ne viennent pas se servir ! »

Debout, bien sagement derrière la porte vitrée de la cuisine, qui faisait office de porte d'entrée, je surveillais un peu inquiet mon petit-déjeuner dont les veloutes fumantes et légères disparaissaient en s'effilochant aux feuilles de vigne de la treille.

J'ai gardé une grande tendresse de ces matins calmes avec mon arrière grand-mère dans la quiétude de la vaste cuisine. Son regard d'amour derrière ses lunettes, la précaution de ses gestes, ses sourires affectueux. Bien des années plus tard, alors devenu père moi-même, j'adorais préparer le petit déjeuner de mes filles répétant quasi les mêmes gestes que Poupoune me replongeant dans ces moments de douceur de mon enfance en remuant délicatement le lait chaud pour le mélanger à la poudre de chocolat. Puis je posais devant elles leur bol fumant. Je ne sais pas quels souvenirs de leur père emporteront mes filles de ces moments-là.

Un autre souvenir, fugace, quelques images gravées dans ma mémoire. Je devais avoir entre 3 ou 4 ans, et je vois mémé Poupoune poussant ce que nous appelions la "chignole", une sorte de large brouette en bois avec des roues de vélos de chaque côté, à l'intérieur de laquelle il y avait deux paniers remplis de draps. Nous allons tous les deux au lavoir du village situé à côté des écoles, un grand bassin sur le rebord en pierre duquel elle m'a assis et sur lequel je suis obligé de m'allonger afin de pouvoir plonger la main pour jouer avec l'eau fraîche. Le toit incliné cache le soleil mais laisse passer des rayons de lumière qui jouent avec le reflet scintillant de l'eau brassée par mon arrière grand-mère.

Ma mémé Poupoune avait aussi une autre activité qui ne me laissait pas insensible : elle cirait les chaussures de la famille. Au fond la longue cuisine il y avait une porte qui donnait sur une immense remise, une sorte de garage. Une fois cette porte de franchie, il y avait de suite à gauche l'escalier qui menait au grenier. Les chaussures étaient posées, stockées sur les premières marches, de sorte qu'il était vraiment difficile voire impossible de trouver un espace vide où poser les pieds pour grimper ces marches encombrées et accéder à ce premier étage. Mais personne ne montait au grenier qui servait de débarras, à part moi de temps en temps car même si je trouvais ce lieu sombre un peu inquiétant, j'étais attiré par son côté mystérieux. Malgré mon appréhension je partais souvent en exploration après avoir discrètement emprunté la petite lampe de poche de Mamie dans le tiroir du meuble de la cuisine. En effet la faible et diffuse lumière de l'unique ampoule à laquelle s'accrochaient de longues toiles d'araignées avait bien du mal à éclairer l'ensemble de cette vaste pièce remplie d'un capharnaüm poussiéreux, et son pâle halo central laissait les quatre coins du grenier dans l'obscurité où l'on devinait dans la pénombre des formes improbables. J'avais l'interdiction de monter au grenier car au milieu du passage dégagé parmi les divers objets et cartons entassé, il y avait un trou dans le plancher vermoulu. Ce trou avait été sommairement recouvert par des morceaux de planches non fixés, et il fallait faire très attention à allonger le pas pour ne pas marcher dessus et enjamber cette très sommaire réparation de fortune. Contre le mur du fond inatteignable il y avait trois ou quatre vieux vélos entassés sur eux-même et recouverts de toiles d'araignées : ils se dressaient dans la maigre lumière tels de vieux squelettes.

Après avoir ramené les chaussures et sa boite où il y avait tout son nécessaire à cirage, mémé Poupoune s'installait avec tout son fourniment sur la plaque de la cheminée. Cette cheminée je ne l'ai jamais connu en service car il y avait une énorme cuisinière au fioul dans la grande cuisine tout en longueur qui était la pièce principale. Je m'asseyais à côté de mon arrière grand-mère, sensible à ses gestes précis, et à la description qu'elle me faisait des étapes successives de nettoyage et de cirage des chaussures. Malgré mon très jeune âge, elle me parlait comme si elle faisait ma formation, me disais comment faire, comment il fallait procéder pour obtenir le meilleur résultat. Sa voix douce m'allait directement au cœur, et je ne ratais aucune syllabe de ses explications et commentaires, nés d'années d'expérience. Après le nettoyage des chaussures à la brosse, elle utilisait un chiffon, déjà marqué par les séances précédentes, pour cirer les godasses, comme nous disions. Après avoir humecté cette pièce de tissu directement dans la boite de cirage, elle appliquait délicatement ce dernier par cercles concentriques sur le cuir des chaussures en commençant par le bout et le dessus de pied. J'adorais l'odeur de cirage qui se dégageait des boites ouvertes, les gestes délicats de mon arrière grand-mère, et sa voix paisible. J'ai été marqué par le fait qu'elle cirait le dessous de la chaussure, la petite surface après le talon jusqu'à la naissance de la semelle, parce que disait-elle, c'est la partie du dessous de la chaussure que l'on peut apercevoir de la personne qui marche devant nous lorsqu'elle lève le pied !

Nous sommes façonnés par notre enfance, notre vécu, et je suis certain que ces moments passés avec Poupoune ont développé mon intérêt pour le travail et l'entretien du cuir. En effet dès mon plus jeune âge, j'ai toujours ciré et entretenu mes chaussures avec plaisir, que ce soit mes chaussures de football ou godillots, ou plus tard mes chaussures de ville pour aller au travail. Jeune adulte j'ai développé ma curiosité pour l'assouplissement des cuirs épais des rangers, holsters, sacs ou autre équipement en cuir. Pendant mon service militaire mes copains de régiment enviaient mes rangers dont je m'occupais tous les jours et qui au fil des mois s'étaient transformés en vraies pantoufles du fait de cet entretien quotidien ! Et bien avant ma libération mes potes qui devaient encore faire quelques mois avant la "quille" se disputaient pour récupérer mes rangers ! En juillet 2010 en Angleterre au rassemblement de Beltring, j'ai rencontré un collectionneur Italien qui m'a appris une méthode pour assouplir les vieux cuirs desséchés en les faisant dans un premier temps tremper dans du lait, puis sans les rincer, surtout pas rincer à l'eau, juste les éponger soigneusement pour ensuite les nourrir de graisse afin que le cuir reprenne peu à peu sa souplesse. J'ai éprouvé cette méthode avec succès sur de vieux brodequins. Aujourd'hui j'entretiens avec passion ma petite collection de rangers armée française, des brodequins modèle 1952 en cuir marron, aux rangers plus modernes en cuir noir modèle Marbot de Neuvic ou Argueyrolles de Vitré. J'apprécie plus particulièrement les modèles 1952 en cuir marron : j'aime ces chaussures rustiques et solides qui allient un look intemporel à une qualité de fabrication indéniable. Ces chaussures sont fabriquées avec des cuirs de différentes épaisseurs reliés via des coutures doublées en fil plus clair. Les marquages sur la semelle intérieure et la tige sont en relief et magnifiques, témoignages d'une qualité de fabrication d'une autre époque. Au fur et à mesure des graissages successifs le cuir extérieur se patine d'une belle teinte foncée et s'assouplit assurant un confort et un sentiment de bien-être peu commun. Oui j'adore ces brodequins fabriqués pour la plupart avant ma naissance, et je les porte régulièrement soit pour marcher, soit pour faire de la moto, soit par simple plaisir tout simplement !

Ma mémé Poupoune est décédée le 27 janvier 1980, j'avais à peine 14 ans, mais je n'ai pas de souvenirs précis de ce moment là. Je pense qu'inconsciemment mon cerveau a fermé des portes pour empêcher le presque désespoir d'envahir toute mon âme. Je me souviens douloureusement que les dernières années de sa vie, atteinte de la maladie d'Alzheimer, elle déparlait en marchant dans la vaste cuisine, ma grand-mère Mamie sur ses talons; elle demandait quand son fiancé (qui n'était pas son mari Isidore, mais un jeune homme dont elle était tombée amoureuse qu'elle avait connu avant son mariage et qui avait été tué en 14-18) allait rentrer de la guerre; ou souvent elle regardait par la porte d'entrée vitrée de la cuisine commentant dans son délire ce qu'elle croyait voir au dehors. Je voyais bien le désespoir sur le visage de mes grands-parents : Mamie souvent des larmes dans les yeux mais toujours très forte et solide, et mon grand-père, grand fumeur devant l'éternel déjà gravement malade depuis quelques années car atteint du cancer du poumon. Il n'était pas l'homme dur et insensible qu'il laissait paraître : il a pleuré lui aussi la mort de Poupoune, les larmes coulaient de ses yeux pour aller se perdre dans sa moustache décolorée par la fumée de centaines et centaines de cigarettes consumées tout au long de sa vie. Le pauvre homme décédera juste quelques mois plus tard le jour de mon anniversaire le 10 avril 1980. J'étais instinctivement conscient de leur fin proche, et je ressentais une profonde tristesse et un mal au cœur tenace de voir ces êtres chers au bord du gouffre, n'étant plus que l'ombre d'eux-même. Je ne supportais pas l'idée de cette échéance fatale qui allait toucher ces personnes que j'aimais tant. Le dernier hiver, accablé par le chagrin devant le spectacle de leur déchéance, je préférais sortir seul dans le froid traîner dans le jardin, faire semblant de jouer au ballon, plutôt que de rester au chaud dans la maison en leur présence.

A l'époque les anciens pour la plupart finissaient leur vie chez eux, au milieu des leurs, lesquels restaient à jamais les témoins de leur déclin. La maladie, la mort n'étaient pas des tabous, même si ces sujets là étaient évoqués avec beaucoup de pudeur. Néanmoins, la triste fin de ma mémé Poupoune chérie m'a profondément meurtri, et très jeune, à un âge où on ne pense pas à ces choses-là, je me suis juré de ne pas imposer aux miens la dégradation de ma propre condition en espérant que la décision finale, un jour, m'appartiendrai.

Mon grand-père paternel : papy

Il s'appelait Robert et était né le 04 novembre 1917. Il était issu d'une fratrie de 4 frères : Robert, Gilbert, René, et André le plus jeune. C'était le seul qui s'était marié, ses trois autres frères étaient restés célibataires, vieux garçons comme on disait à l'époque.

Je me souviens peu de René, dans mon souvenir un homme au visage émacié, presque chauve, assis à la table familiale et me faisant des grimaces. Je ne devais pas avoir plus de 5 ou 6 ans, c'était un jour fête familiale où l'on tuait le cochon chez mes arrières grands-parents paternels. Je vaquais à droite à gauche sous l'œil plus ou moins attentif des adultes qui s'affairaient autour de la carcasse du cochon. Je suis rentré dans le chai sombre au plafond bas à l'entrée duquel le chien avait sa couche c'est à dire un empilement de deux ou trois sacs de jute. En voulant caresser le chien endormi que j'ai surpris dans son sommeil, ce dernier sursautant et relevant brusquement la tête m'a pincé la main d'un coup de dents malencontreux. C'était un chien de chasse, un gentil setter blanc moucheté de noir, pas mauvais pour deux sous, et il m'avait juste pincé le bout des doigts dans un instinctif réflexe animal de défense. Aussitôt le pauvre chien a réalisé son erreur et s'est couché à mes pieds en remuant la queue, sa tête collée au sol comme pour me faire comprendre qu'il regrettait son geste. Mais la soudaineté de l'attaque, la surprise de cette réaction inhabituelle et la masse du chien par rapport à ma propre petite corpulence d'enfant m'avait fait hurler de terreur et pleurer à chaudes larmes. C'est René qui passant devant le chai a accouru. Il a copieusement engueulé le chien et après s'être assuré de l'état de ma main, pour me consoler, il m'a amené dans la grange attenante voir Pompon le cheval de trait. C'était un énorme cheval qui prenait ses aises dans son box copieusement paillé. Un énorme cheval à mes yeux qui plongeait les siens dans les miens maintenant secs. Il se dégageait de cet animal une telle force tranquille, une telle gentillesse dans le regard, que j'ai le souvenir d'avoir tendu la main pour vouloir le caresser. René qui m'avais pris dans ses bras dirigea ma main vers la joue douce et chaude du cheval tandis qu'il lui parlait d'une voix calme. J'ai vraiment été marqué par ce moment : la douce chaleur de la grange malgré le froid extérieur de l'hiver, l'odeur de la paille et du foin, celle du cheval et de son tendre regard.

Je ne me souviens plus jusqu'en quelle année ce cheval est resté dans la famille paternelle. Mais j'ai aussi un souvenir de vendanges avec cet animal. Ma famille paternelle avait une pièce de vigne sur la petite route qui menait à Germignan, et à l'occasion des vendanges les hommes attelaient le cheval à la charrette. Le cheval restait attelé pendant qu'était récolté le raisin, et moi je devais rester à distance respectable de l'animal et ne pas aller jouer dans ses pattes. Mais j'avais un jeu beaucoup plus intéressant : je restais sur la charrette et j'attendais mon oncle Claude qui faisait partie des porteurs de hottes. Il arrivait sa hotte pleine, grimpait la courte échelle et en se penchant mi en avant mi sur le côté, il vidait sa cargaison de raisin dans un tonneau. Il redescendait ensuite et s'arrêtait juste afin que la hotte vide soit à mon niveau. J'enjambais alors la hotte, descendais à l'intérieur, et debout dans la hotte en me tenant aux rebords, mon oncle me portais jusqu'au milieu des rangs où un adulte en me prenant sous les aisselles me sortait de la hotte et me posais au sol. Je repartais alors en courant entre les rangs de vignes jusqu'à la charrette, grimpait à l'échelle et attendait le retour de mon oncle Claude. Je ne me souviens plus qui était présent lors de ces vendanges car j'étais vraiment très jeune, mais il n'y avait pas ma mère c'est certain, car mon oncle m'a raconté en riant bien des années après qu'elle avait poussé des cris en voyant l'état de mes vêtements à mon retour à la maison !

J'ai donc de René le souvenir d'un homme très gentil, presque timide.

René était cheminot, comme mon grand-père il travaillait aux Chemins de Fer, mais il était très habile de ses mains, il savait tout faire, et notamment il travaillait très bien le bois. Dans les années 50, il avait sculpté un magnifique cheval de bois à son neveu Jean (mon oncle qui sera mon futur parrain). Gamin, ce dernier n'arrêtait pas de faire des bêtises, trouvait

toujours un "prétexte à connerie" comme disait son père. Il ne manquait pas de recevoir paires de taloches et coups de pied au cul, mais rien n'y faisait. Un jour, alors qu'elle s'inquiétait de l'absence de son fils et du calme inhabituel de la maison, ma grand-mère aperçu le garçonnet qui rentrait dans la cuisine. Elle l'interpella :
- Et que faisais tu ?
- Rien, j'ai ferré le cheval !
Mon oncle Jean avait tout bonnement et simplement planté une multitude de pointes et clous dans son cheval de bois, faisant ainsi ressembler le beau jouet à un hérisson haut sur pattes !
L'histoire ne dit pas comment a réagi le tonton René, en tous cas, je ne me souviens pas de la fin de ce récit autrement que par les conséquences pour mon oncle : une paire de taloches bien appuyée. Mais je ne pense pas que cet homme tranquille et doux ai fait un esclandre. Il est décédé prématurément à 51 ans en juin 1975. J'avais 9 ans.

Je me souviens mieux de Gilbert un homme assez corpulent, une tête toute ronde, joviale, et ses yeux bleus rieurs très clairs.

C'était un grand chasseur de palombes, un passionné. Il était né en 1922, presque la même année qu'Henri mon grand-père maternel, et tous les deux étaient liés par une forte amitié. Ils ont vécu tous les deux des moments fabuleux à chasse, des histoires de copains, des aventures épiques.

Pendant la période de la chasse à la palombe, Gilbert notait tous les ans sur des carnets ses observations quotidiennes au poste : les vents, les vols observés, le nombre de palombes tuées, les copains présents à la palombière...Connaissant ma grande passion pour la chasse, un jour, mon grand-oncle André, le dernier des frères en vie, me donna ces carnets qui traînaient dans un placard et qu'il avait voulu conserver. Alors adolescent j'ai été très sensible et très heureux de ce geste. Je conserve ces carnets précieusement car ils sont le témoignage d'une époque révolue, de tranches de vies passées qui avait une grande importance pour son auteur.

Pendant les repas de famille rassemblant quatre générations, assis à la longue table familiale, Gilbert s'amusait avec moi : il pliait

et nouait sa serviette de façon à faire une souris qu'il faisait courir je ne sais comment le long de mes cuisses en faisait semblant de ne pouvoir la maîtriser. Il me disait :
- Vite attrape la ! Elle s'échappe !
Je gesticulait sur la chaise, riant et criant autant que lui en essayant de choper la serviette insaisissable. Les remontrances de mes parents à mon égard afin de me faire tenir tranquille à table le faisait rire bruyamment, et il se retournait vers ses frères complices et rigolards.
Oui Gilbert mettait l'ambiance ! Ses histoires, ses mimiques, sa bonne humeur communicative faisait qu'il été apprécié de tous.
Lui aussi est parti prématurément à l'âge de 59 ans en juin 1977.

Le dernier frère né en 1928, le plus jeune était André. Je ne connais pas bien la vie qu'il a eu car à une époque il a quitté le Taillan et la maison familiale pour "faire sa vie" puis il s'est ensuite posé à près de vingt kilomètres de là, de l'autre côté de la Garonne dans la petite ville de Floirac. Vingt kilomètres ce n'est rien aujourd'hui, mais à l'époque, surtout « de l'autre côté de l'eau » c'était presque un autre pays ! Il a coupé un peu avec ses frères, la famille, il avait besoin de se construire ailleurs, besoin d'indépendance. Il n'a jamais été bavard sur cette période de sa vie, en tous cas avec moi. Son parcours teinté d'incertitude et d'un petit peu de curiosité de la part de la famille tranchait par rapport à ceux de ses frères qui ne s'étaient pas éloignés du giron familial et de la maison de famille paternelle dans laquelle ils vivaient.

André est revenu s'installer dans cette maison familiale quelques années plus tard au début des années 1980 : au terme de travaux importants il s'est aménagé un appartement tout neuf dans cette grande bâtisse vide, et bien que cet homme savait tout faire de ses mains, avec mon père nous sommes allés plusieurs fois l'aider pour les travaux de maçonnerie et d'électricité. J'ai compris rapidement qu'il y avait une vraie entente entre mon père et lui, que le neveu et l'oncle se comprenaient et étaient bien ensemble et très complices. Ils parlaient beaucoup de chasse, de football et de rugby, refaisant le dernier match, commentant le jeu des joueurs. Mais il y avait une grande pudeur entre ces deux hommes, cette satané putain de pudeur à la con qui côté paternel retenait les élans affectifs, les paroles et les gestes entre les êtres qui s'aiment. Dieu sait pourtant que ces deux-là en avaient besoin d'affection !

De la même manière je n'ai jamais vu mon père prendre le sien dans ses bras, ils se faisaient juste la bise pour se dire bonjour, ils s'embrassaient bien sûr mais sans démonstration excessive. Je n'ai jamais compris pourquoi tant de retenue, presque de gène entre ces deux hommes.

Ce n'est donc qu'à cette époque, à mon entrée dans l'adolescence, que j'ai vraiment fréquenté tonton André comme je l'appelais, bien qu'il soit en fait mon grand oncle. Je l'aimais beaucoup tonton André, je l'adorais même pour son franc parlé et surtout sa gentillesse. Je ne l'ai jamais vu en colère, toujours le sourire aux lèvres que ce soit au milieu de son potager ou autour de la table familiale. Lui aussi d'ailleurs, je crois qu'il appréciait mon côté un peu direct, volontaire et indépendant.

Nous avions en commun tous les deux l'intérêt porté à notre histoire familiale, à la famille, aux anecdotes de la vie d'autrefois du Taillan et aussi aux choses militaires. Dans notre famille de footballeurs, il adorait aussi comme moi le rugby, et tous les deux nous ne pouvions supporter l'attitude hautaine que les joueurs de rugby anglais portaient lors des matchs du Tournois des Cinq Nations à notre équipe de France ! Devant le télévision, il s'exclamait les dents serrées et la courte moustache hérissée :

- regarde moi ces rouquinas !

J'aimais être avec lui car outre sa personnalité et son amabilité que j'appréciais beaucoup, il représentait pour moi le dernier lien du côté paternel : le dernier représentant de cette génération dont j'enviai avec nostalgie l'époque de l'après guerre qu'ils avaient connu. Il me racontait souvent des histoires qu'il avait vécu, des bonnes et des mauvaises, des amusantes et des plus sérieuses. Il restait cependant toujours très discret sur une partie de sa vie, sa vie sentimentale, ce que je respectais en ne posant pas de questions. D'ailleurs j'ai toujours trouvé courageux cet homme indépendant qui avait su s'éloigner de la famille, couper le lien et partir s'installer ailleurs.

Je comprends qu'à un moment de sa vie on veuille découvrir autre chose, voir ce qui se passe ailleurs, besoin de changer d'air et rencontrer d'autres personnes, découvrir d'autres lieux, ou bien tout simplement prendre des distances avec un environnement familial que l'on peut trouver pesant ou trop présent.

Moi aussi je suis parti quelques années : à l'âge de 24 ans, j'ai quitté le Taillan pour Paris la capitale. C'était de manière volontaire, après mon service militaire et mon tour d'Europe en sac à dos avec mon copain William, pour me confronter au monde du travail dont les opportunités étaient plus importantes à la capitale, et trouver un boulot que je pensais être plus stable et plus riche à Paris en terme de perspectives d'évolution de carrière...et aussi parce que ce petit tour d'Europe pendant presque deux mois m'avais mis les fourmis dans les pieds.

Je pense que nos parcours semblables dans leur démarche et philosophie nous a tous les deux un peu plus rapprochés avec tonton André. Je ne manquais pas de rendre visite à mes grands parents chaque fois que je "descendais" de Paris les week-end, et bien sûr j'allais voir aussi systématiquement tonton André heureux de me voir arriver chez lui et de m'accueillir avec le sourire : je le voyais dans ses yeux et à sa façon qu'il avait de me demander des nouvelles des "Parigots".

J'adorais discuter avec lui et surtout écouter ses histoires : il ne m'a jamais raconté sa vie en détail et précisément, seulement des anecdotes, des rencontres, mais il parlait très peu de sa jeunesse. Il avait connu tous les personnages haut en couleurs du Taillan qu'il aimait bien caricaturer en rigolant. Et bien sûr il me parlait d'histoires de chasse, du temps béni où il suffisait de franchir le perron de la porte de sa maison le fusil en bandoulière sur l'épaule, traverser le jardin et gagner les vignes et le bois le long du château de la Dame Blanche (nous, nous disions le château Cruse) pour aller tirer quelques lapins et grives ! Adolescent sa première pièce de gibier avait été une poule d'eau tirée avec son fusil Lefaucheux calibre 16 à broches, et j'ai appris plus tard qu'il avait donné ce vieux fusil à mon père lequel l'avait accroché au manteau de notre chemisée. Chaque fois qu'il venait à la maison chez mes parents il aimait rappeler en pointant son doigt vers cette arme :

-"Tu vois c'est avec lui que j'ai tué ma première poule d'eau au vivier à côté de la maison"

Parmi les histoires qu'il m'a raconté il y en a une qui m'a marqué car j'ai eu très tôt une petite passion pour l'histoire de nos soldats qui ont combattu en Indochine. Tonton André avait connu un type qu'il a fréquenté pendant quelques temps, un ancien légionnaire vétéran de la seconde guerre et des combats d'Indochine d'après guerre : quelque soit la maison ou l'appartement dans lequel cet homme se trouvait, cet ancien soldat, ancien baroudeur ne pouvait passer d'une pièce à l'autre sans se plaquer le dos instinctivement contre la porte et jeter un coup d'œil dans la pièce avant de franchir l'encadrement de ladite porte. Mon oncle me racontait en riant que ses copains et lui s'amusaient de voir leur pote évoluer dans une maison ou un appartement comme si un ennemi allait lui sauter dessus à chaque seconde. Ils ne manquaient pas de le chahuter, et faisaient exprès de lui demander d'aller chercher un truc dans la pièce d'à côté pour se moquer de son manège ! L'autre n'était pas dupe des plaisanteries de ses potes mais malgré lui il ne pouvait éviter ce réflexe de survie né de situations de guerre.

Je pense ne pas me tromper si je dis au lecteur que tonton André a rencontré pas mal de personnes de conditions et d'origines différentes : cela lui a forgé une certaine tolérance et expérience des gens et de la vie. Oui il avait vu du pays comme on dit, il n'était peut-être pas allé bien loin géographiquement, mais plus loin que ses frères et la plupart des personnes de son entourage familial. Il n'en faisait pas étalage mais on voyait bien dans son attitude, son comportement et ses histoires qu'il avait eu un autre parcours.

Il avait en outre beaucoup d'humour, il aimait bien plaisanter, et lors des repas de famille nous étions heureux qu'il partage la table. Il avait toujours une allure un peu décalée, une timidité empruntée de gentillesse, mais il ne manquait jamais de raconter des anecdotes qui faisaient rire aux éclats toute la tablée. Son rire se mêlait à celui des convives et il nous regardait les yeux rieurs tout en se frottant sa courte moustache d'un revers de main.

Un samedi d'avril 1996, le 20, un week-end que j'étais descendu de Paris, un cool week-end de beau temps dont je voulais profiter à la plage, en arrivant chez mes parents, j'ai trouvé ma mère bouleversée en discussion avec mon oncle Jean et ma tante Michèle eux aussi catastrophés. Ces derniers venaient de rendre visite à tonton André comme ils en avaient souvent l'habitude, et l'avait trouvé mort dans sa cuisine : il était décédé d'un arrêt cardiaque à 68 ans. J'étais atterré, sans voix. Nous nous sommes rendus tous les trois, mon oncle, ma tante et moi jusqu'à sa maison. André était effectivement étendu sur le dos dans sa cuisine. Mon oncle et moi avons porté son corps froid et raidi par la mort jusqu'à sa chambre et nous l'avons installé sur son lit, puis nous sommes sortis dehors en attendant le médecin et les gendarmes à qui ma mère avait téléphoné. Je me suis assis sur le trottoir le dos appuyé au mur de pierre de la maison, le visage tourné vers le soleil, le regard perdu. Le dernier des frères venait de mourir, seul. Mon grand oncle André venait de disparaître un jour ensoleillé de printemps. J'étais tellement anéanti que je n'arrivais même pas à pleurer.

Pour en revenir à Papy mon grand-père paternel je dois dire qu'il n'était pas bavard, et je n'ai pas beaucoup eu l'occasion d'échanger avec lui. C'était un homme secret et meurtri par je ne sais quel évènement ou drame de la vie.

C'était un homme seul aussi. Il vivait parmi nous sous le toit de la maison familiale, mais il n'avait que peu d'échanges avec sa femme ou ses enfants. Je pense qu'il était triste de cette situation née je ne sais pas comment, ni de quelles circonstances; et je ne sais pour quelles raisons, aucun des protagonistes ne faisait un pas vers l'autre pour casser la glace.

J'avais un jour posé la question à mon père : pourquoi Papy était comme ça, pourquoi lui mon papa ne parlait pas trop au sien. Mon père surpris sursauta presque à ma question candide mais directe. Un peu trop directe peut-être car il rougit légèrement, marmonna quatre ou cinq mots mais je ne compris que le mot "compliqué" et tourna les talons pris d'un besoin soudain d'aller chercher un truc dans le garage.

Un jour de fête des pères, mon père avait acheté à mon grand-père pour son jardin potager, un tuyau d'arrosage monté sur un enrouleur que l'on pouvait déplacer facilement car fixé sur un axe à roulettes. Mon père avait écrit sur un papier "Bonne fête Papy" comme si c'était moi qui était à l'origine du cadeau et il m'avait demandé de lui offrir et de lui donner le papier plié sur lequel étaient inscrits ses mots. Quelle pudeur ou quelle gène y avait il entre un père et son fils pour faire intervenir ainsi le petit-fils ? Mon grand-père visiblement touché avait remercié mes parents, et son fils, mais il n'avait embrassé que moi.

Pourtant chez Mamie et Papy c'était vraiment la maison familiale. Mamie achetait le pain tous les matins chez Philippe Pru, le boulanger du village, pour tous ses enfants c'est à dire ma tante Michèle et ses quatre frères : Michel, Jean, Claude et Alain. Il faut dire que tous habitaient dans un rayon d'un kilomètre de la maison où ils étaient nés. Ces frères très liés, dont la seule vraie séparation géographique la plus éloignée avait été durant leur service militaire, et qui en fin de compte ne s'étaient jamais séparés. Ils avaient quasi reproduit en cela le schéma familial de leurs oncles, et la seule différence avec leurs oncles était que ces derniers ne s'étaient pas mariés. Aussi il ne se passait pas un seul jour sans que les cinq enfants passent en soirée en rentrant du travail, prétextant aller chercher le pain ou lire le journal Sud-Ouest pour venir rendre visite à leur mère, pour "passer chez maman" comme ils disaient, ce qui faisait lever les yeux aux ciel des belles filles !

Mon souvenir le plus ancien avec Papy : c'est le matin, nous sommes tous les deux assis dans la cuisine devant la table. Je suis sur ses genoux devant son bol de café fumant et Papy, le coude appuyé sur la toile cirée et le doigt levé me raconte quelque chose dont je ne me souviens pas. Mais par contre il est souriant et il y a de la gaieté dans ses yeux. Je regarde amusé sa moustache dont tout le côté jaune paille tranche avec sa couleur naturelle presque noire encore malgré son âge : elle est décolorée par la fumée de ses cigarettes.

Comme beaucoup de gens à l'époque, Papy entretenait un jardin potager qui apportait un complément alimentaire non négligeable au quotidien. Salades, radis, fèves, tomates, poireaux...les labours, plantations et cultures rythmaient les saisons. J'aimais suivre mon grand-père au milieu des rangs, le voir manipuler les outils le geste sûr et précis dans le sarclage ou ratissage. De temps en temps après avoir bêché ou ramassé les salades, il me confiait la mission de ratisser un petit carré de terre. Je m'exécutait avec plaisir même si j'avais du mal à manier le haut et lourd râteau, mais j'adorai le contact du manche en bois doux et poli qui glissait entre mes petites mains. J'étais particulièrement attentif à ses explications concernant le nettoyage des outils dont il prenait grand soin : il me faisait voir comment avec son couteau de poche enlever les petites mottes de terre séchées encore accrochées au fer de la pelle ou de la raclette, puis rincer l'outil à l'eau et enfin le sécher avant de le ranger, prêt à l'emploi si besoin. Le stockage pour l'hiver était aussi très important les outils devant être protégés de l'humidité, et très peu utilisés pour les mois à venir, ils étaient rangés chacun à leur place plus au fond de la grange ou du chai. Seuls pelle, râteau, pioche ou arrosoir restaient à portée de main car d'utilisation quasi quotidienne.

L'observer nettoyer lentement les outils d'un air tranquille m'apaisait moi le gamin turbulent. Il prenait un soin méticuleux au stockage de ses affaires dans le chai, à l'utilisation des objets du quotidien, et comme je l'ai dit à l'entretien de l'outillage de jardin. L'attention qu'il portait à cette activité et l'importance qu'il y accordait me donnait envie de l'aider dans cette tâche, mais je n'osais pas de peur de mal faire. Je retrouvais aussi ce même trait de caractère chez Papé mon grand-père maternel : ces hommes savaient ce qu'ils devaient à l'outillage, au matériel dont il fallait pérenniser la durée d'utilisation. Les outils en général avaient donc une durée de vie incroyable et il n'était pas rare qu'ils traversent les générations.

Chez mes grands-parents paternels, il y avait une télévision dans la salle à manger. Elle n'était pas souvent allumée mais il y avait des incontournables qui nous réunissaient tous en début de soirée.

J'avais le droit d'allumer cette télévision en appuyant sur l'interrupteur, et j'étais très fier de cette mission. De même je me levais de ma chaise et m'élançais vers le poste chaque fois qu'il fallait changer de chaîne, car bien sûr la télécommande n'existait pas à l'époque. Il fallait derechef appuyer sur les boutons en façade pour sélectionner la chaîne souhaitée...bon après, il n'y avait que deux chaînes (la troisième chaîne FR3 n'est apparue qu'en 1973), c'était facile, et puis par voie de conséquence, on ne zappait pas comme aujourd'hui. Ah oui aussi, j'allais oublier : bien sûr cette télévision était en noir et blanc !

Papy qui lisait beaucoup ne manquait jamais l'émission "Des chiffres et des lettres" : je le revois assis les coudes sur la table, ses deux mains sous le menton, les sourcils froncés calculant de tête pour trouver "le compte est bon". Il y arrivait souvent mais n'en tirait aucune fierté, et il en était de même pour "le mot le plus long". Mon grand-père Henri avait raison : Papy était quelqu'un d'intelligent et d'instruit.

Mais ce que je préférais c'était regarder avec lui les films comiques, et les films muets de Charlot ou Buster Keaton qui passaient régulièrement dans les épisodes de "Histoires sans paroles". J'adorais le générique de cette émission avec les cabrioles de la vielle voiture qui finissait sur le toit après avoir percuté un rocher. Je ne ratais pas une miette des courts films en noirs et blancs vraiment hilarants que tous les deux, bon public, nous commentions en riant. J'adorais les films de Laurel et Hardy, leurs mimiques, l'accoutrement des deux compères accentuant les scènes cocasses et comiques. Un de mes souvenirs les plus marquants avec mon grand-père est le film "La vache et le prisonnier" et la scène où Fernandel caché allongé dans un fossé mime le bruit de la crevaison du pneu du vélo du soldat allemand : ce dernier essoufflé dans la montée mettait pied à terre pour examiner circonspect les pneus intacts de son vélo. Papy riait aux éclats les larmes aux yeux, et je m'esclaffais autant de la scène comique du film que de voir enfin de la joie et du bonheur sur le visage de cet homme.

Papy ne s'est jamais fâché contre moi, mais c'était un homme autoritaire qui un jour m'avait asséné d'un ton brut, à je ne sais plus quelle occasion et ni dans quelles circonstances :

- "Toi, tu parleras quand tu auras des moustaches !"

Je ne devais pas être bien vieux mais je me souviendrai toute la vie de cette sentence et du ton employé.

Il partait régulièrement le matin jusqu'à sa maison de famille distante de quelques centaines de mètres, et rentrait en fin d'après-midi souvent de mauvaise humeur. Je regrette beaucoup de n'avoir pas eu l'occasion de parler avec lui, d'échanger, de l'écouter. J'étais trop jeune, trop intimidé, et dans cette période de la vie où l'on ne sait pas comment s'y prendre avec les adultes. Il est décédé le jour de mes quatorze ans, trop tôt pour que je puisse atteindre l'âge où avec la maturité on va plus sereinement vers les autres.

Outre le souvenir ineffaçable de cet homme à côté duquel je suis passé, j'ai absolument voulu garder de lui des effets personnels, des choses qu'il avait tenues dans ses mains, des choses qu'il avait utilisées. Après sa mort et à ma demande, ma grand-mère m'a donc donné son couteau de poche qu'il utilisait tous les jours pour travailler et manger, le fameux couteau qu'il utilisait pour nettoyer ses outils, et une paire de chaussettes marron en laine qu'il mettait l'hiver. Mamie n'a pas été étonnée de ma demande mais surprise que je veuille ces chaussettes précisément : elle m'avait marqué cette paire de chaussettes ! Assis sur la plaque de la cheminée je regardais Papy les enfiler : il me regardait en souriant et faisant les gros yeux mimant de me faire peur en agitant son pied nu au bout duquel la chaussette à moitié enfilée s'agitait comme un serpent. Je le revois encore courbé sur sa chaise remontant sur ses mollets ses chaussettes de laine. Pendant plusieurs années et jusqu'à l'entrée dans ma vie d'adulte j'ai porté ses chaussettes l'hiver pour aller à la chasse : je les enfilais avec fierté et émotion en espérant que de là où il était, il pouvait voir à quel point devenu adulte je pensais toujours à lui. Cela lui aurait fait énormément plaisir. Je les ai toujours ses chaussettes, et je les remets de temps en temps l'hiver ! Je les garde précieusement roulées en boule dans mon armoire. De même je garde son couteau de poche avec les miens dans le tiroir de la cuisine, et chaque jour lorsque je mets le couvert et prépare la table pour le repas j'aperçois le couteau de mon grand-père avec lequel il m'expliquait comment bien racler la terre sèche sur les outils avant de les nettoyer. Tu es toujours avec moi Papy, et tu y restera !

Mon grand-père maternel Papé qui était né le 28 juin 1921 était un peu plus jeune que mon grand-père paternel, et il l'estimait énormément. Il m'a toujours dit que Papy avait été un grand sportif, amoureux de la gymnastique et des barres parallèles. Papy s'était longtemps occupé dans le village d'une association sportive et animait et entraînait une petite équipe de jeunes garçons de son âge. Il rappelait aussi que Papy était quelqu'un de très intelligent, d'instruit. Chaque fois qu'il parlait de lui, c'était toujours avec beaucoup de respect et d'amitié.

Je sais que Papy avait le goût de l'effort, aimait beaucoup le sport, et d'ailleurs avait eu un niveau élevé en gymnastique lorsqu'il était plus jeune. Au Taillan il suivait avec intérêt les courses cyclistes organisées lors de la fête annuelle des "Trois jours du Taillan" qui avait lieu au mois de mai. Nous étions tous rassemblés au bout de l'allée pour voir passer les coureurs, et à chaque tour, Papy traçait à la craie pour les compter, les passages des cyclistes sur le mur en planches de la grange. A la fin de la journée les traits et obliques à la craie faisaient ressembler certaines planches aux murs des prisons où les prisonniers gravaient les semaines ou les mois passés derrière les barreaux.

Lors de ces petites compétitions de village, Papy repérait rapidement les bons cyclistes et même lors des courses à pied il jaugeait d'un seul coup d'œil les coureurs dès le premier tour.

S'il disait :

- "celui-là on ne le verra pas à l'arrivée"

dès le tour suivant je cherchais des yeux le maillot de ce coureur pour vérifier son jugement. Je repérais effectivement l'individu écarlate en difficulté...et en effet l'abandon du dossard en question était souvent confirmé par le haut parleur dans un des tours suivants.

Papy ne comprenait pas que les adolescents ne fassent pas de sport, ne trouvent pas ainsi un but, un équilibre, ou tout simplement du plaisir en se forgeant dans la culture de l'effort et de la persévérance. Ses quatre fils avaient pratiqué le football très jeunes et pendant longtemps : ils ont tous joué en équipe première au Taillan, et il faut dire aussi que les frères Bidon ont illustré l'histoire du club du Taillan, d'abord en tant que joueurs, puis en qualité d'entraîneurs ou dirigeants. La deuxième génération de garçons a aussi pratiqué le football au Taillan dès le plus jeune âge accompagné par leurs pères et leurs oncles : tous mes cousins et moi-même avons porté les crampons très jeunes dès la catégorie poussin. Cette culture du sport dans la famille avait été initiée par notre grand-père.

Un jour un copain qui était bien en chair et même assez gros nous faisait admirer la mobylette que ses parents venaient de lui offrir. Nous formions un cercle autour de lui, et nous étions sur nos vélos, entourant avec quand même une lueur d'envie dans les yeux le fier et heureux gamin. Papy qui passait par là, à la vue du tableau et du gamin bien en chairs avachi sur sa mobylette se détourna et s'éloigna en maugréant :

- "Il avait besoin de cet engin comme de la chiasse ! "

Cette réflexion toute logique et de bon sens me ramena vite à la réalité du moment. Oui il avait raison mon grand-père, et j'ai gardé mon vélo jusqu'à plus de 18 ans. Lorsque je me suis acheté une mobylette d'occasion, un vieux Piaggo 50cm3, la plupart de mes copains étaient passés à la voiture !

Il faut dire que le vélo était pour nous, gamins de la campagne, un beau moyen d'évasion et de liberté. Nous avions tous un vélo ! Vélo de course (de l'époque !), vélo semi course, vélo récupéré, vélo du grand-père, vélo trafiqué, vélo modifié, vélo trop grand, vélo trop petit, vélo avec plus ou moins des freins, vélo improbable...mais un vélo ! Il fallait un vélo !

Enfants hurlants nous faisions le tour du quartier juchés sur nos engins pédalant comme des fous, engagés dans des courses poursuites improvisées jusque dans les sous-bois à l'époque proches des habitations où nous organisions des parties de cross...souvent à l'issue desquelles soit le vélo, soit le gamin devait passer par la case "garage de papa/réparations" ou par la case "pharmacie/couture des vêtements". Bien sur à l'époque personne n'avait de casque, les vélos pesaient le poids d'un âne mort, et pourtant je peux affirmer sans mentir que certains d'entre nous étaient capables de défier les lois de l'apesanteur avec une facilité qui frisait l'inconscience.

Un jour au cours d'une poursuite endiablée dans les rues du Taillan, nous descendions comme des fous la rue des Sables que nous utilisions pour prendre de la vitesse car elle est bien en pente depuis le cimetière, puis on abordait très vite la rue de Péchon, et ensuite rapidement la rue de Sandillan en serrant sur la droite toujours en descente, et nous les dents serrées par l'effort toujours en grappe, pédalant avec rage les uns contre les autres, tous voulant être le premier à arriver à l'intersection pour tourner à gauche dans la rue Stéhélin, car il fallait écraser les freins pour prendre ce virage à gauche qui est en angle droit. Le premier, tout seul, pouvait passer en coupant la trajectoire au maximum à gauche et en déboulant le long du trottoir en priant qu'aucun être vivant, homme, femme, chat ou chien n'ai l'idée saugrenue de se promener paisiblement à cet endroit-là pour profiter du soleil; deux fous pouvaient à la rigueur passer et éviter le trottoir en accentuant le freinage pour bloquer la roue arrière et glisser légèrement en dérapage plus ou moins contrôlé; mais à partir de trois inconscients il n'était pas possible de passer ensemble ce virage à la vitesse à laquelle nous filions. Et tout le monde le sait : celui qui freine est un lâche ! Surtout quand vous avez dix ou onze ans et que vous vous prenez pour Surcouf, Fangio, ou Pappy Boyington et sa bande de têtes brûlées ! Et dans le groupe de cyclistes écervelés, plus vous êtes derrière, plus vous êtes obligés de freiner fort ! Ce jour-là, je m'en souviendrai toujours, j'étais en troisième position juste avant le virage à angle droit, impossible de rattraper le premier qui déjà pédalier au ras du bitume amorçait son virage en roue libre et à l'aveugle. Je n'ai pas compris de suite pourquoi le copain devant moi en seconde position s'est tout à coup écarté sur la droite me laissant brusquement le champ libre en rasant dangereusement la haie de thuyas et freinant à mort pour éviter le poteau électrique. C'est arrivé tellement vite ! En même temps, dans la même fraction de seconde, j'ai aperçu la voiture freinant pile dans un crissement de pneus, le copain en première position qui glissait sur le capot à plat ventre et se retrouvant après une bizarre cabriole debout le dos plaqué contre la portière conducteur. J'ai eu juste le réflexe de me redresser sur le vélo pour élargir le virage et avec beaucoup de chance m'arrêter en freinant comme un fou entre la voiture et le mur de la maison opposé. Le reste du groupe derrière moi a eu le temps de se déporter sans prendre le virage, de continuer tout droit dans la descente et de s'arrêter une vingtaine de mètres plus loin devant la maison des Monlun. Nous étions blancs comme des culs de laitiers ! Y compris le conducteur de l'automobile qui devait avoir une trentaine d'années ! Heureusement le copain qui avait percuté la voiture n'a absolument rien eu ! Le fait que l'automobile ai brusquement freiné au moment du choc a eu pour conséquence l'abaissement de la face avant de la voiture laquelle n'a été fatale que pour la roue avant du vélo, le copain a juste glissé sur la capot au lieu de percuter la calandre. Je ne sais pas si le conducteur, après ce choc, était en pleine possession de ses moyens, car il s'est immédiatement inquiété de l'état du cascadeur lequel n'avait toujours pas compris ce qu'il lui était arrivé. Il a ensuite à peine jeté un coup d'œil à sa voiture, a déclaré qu'il n'y avait rien, est revenu vers le cascadeur qui venait de réaliser que son statut au sein du groupe venait de prendre un sacré bonus, et a démarré aussitôt son demander son reste. Et nous, nous sommes rentrés à pied accompagner chez lui le nouveau héros l'aidant à porter sa monture. Bien sûr pas un mot à nos parents respectifs ! Quelle chance nous avons eu quand même !

Mais les virées en vélo pouvaient aussi être beaucoup plus tranquilles et très enrichissantes. En effet je partais aussi dans de longues balades cyclistes avec mon père ou avec mon copain d'enfance Philippe et son grand-père Toto grand amateur de petite reine et lecteur assidu du journal l'Equipe qui nous amenait des après-midi entiers à travers les routes du département...bien moins encombrées d'automobiles et de camions qu'aujourd'hui. C'était l'occasion de sortir du Taillan, de passer la forêt de Saint Aubin et de découvrir de nouveaux endroits, de nouvelles routes, et d'étendre notre connaissance de la région. Les adultes qui nous amenaient et nous accompagnaient nous faisaient des commentaires sur les bâtiments, les constructions ou lieux spécifiques que nous traversions, nous expliquaient telle histoire concernant ce lieu-dit, sur la route du Médoc, ils nous donnaient le nom de ce beau château posé au milieu des vignes. J'aimais partir dans ces longues promenades car j'étais très heureux d'observer et d'apprendre de nouvelles choses, de nouveaux lieux, et j'appréciais de rencontrer d'autres personnes, d'autres cyclistes que nous croisions dans des saluts et sourires respectifs. Il me semblait que j'élargissais ma petite vision du monde, et même fatigué, j'étais à chaque fois déçu quand il était l'heure de revenir à la maison et de rentrer au Taillan.

Nous passions donc beaucoup de temps sur les selles car nous nous retrouvions systématiquement chaque week-end, ou le soir en semaine aux beaux jours après l'école, et c'est vrai que nous n'avions pas grand choix d'activités pour nous défouler outre le football et le vélo !

Le football et les jeux de ballons en règle générale était notre second passe-temps. Il y avait un grand pré quasiment situé en plein milieu du village et dont nous les gamins, nous avions pris possession avec plus ou moins l'autorisation tacite de la propriétaire : c'était notre "camp de base", le lieu où on se retrouvait systématiquement. Nous l'appelions "le pré d'Hosteins" du nom de la propriétaire, une dame très gentille qui habitait une belle maison de pierre dont le jardin se prolongeait via ce grand pré. Bon, il est vrai que certaines fois, elle sortait sur le pas de sa porte en levant les bras au ciel nous intimant de loin et avec force de faire moins de bruit, car à juste titre elle pouvait être un petit peu dérangée et agacée par nos cris ou hurlements d'enfants. En effet nous mimions nos idoles, nos héros de footballeurs tels les Jean-Michel Larqué, Michel Platini ou autres Alain Giresse et Christian Lopez, et pris par le jeu et les enjeux des matchs que nous organisions, nous enflammions littéralement le pré. Comme j'adorais être goal et que je ne me débrouillais pas trop mal à ce poste (ben oui dès qu'il fallait faire des bonds partout ou se jeter comme un casse-cou dans les pieds d'un attaquant pour contrer son tir, je ne laissais pas ma place, et y trouvait même une certaine fierté à être le dernier rempart de l'équipe !), je m'étais identifié à Ivan Curkovic le fameux goal de l'A.S Saint-Etienne, l'équipe reine du milieu de ces années 70's. Quels moments formidables vécus au pré d'Hosteins ! Nous y improvisions des parties de foot après l'école et des samedis ou dimanches entiers durant le week-end au détriment des devoirs ennuyeux. Au moyen de grands bambous, ou de piquets récupérés à droite à gauche, et de vieux filets de foot troués, nous y avions installés des buts pour organiser des matchs ou des séances de tirs de penalties ou de coups francs. Nos parents nous laissaient volontiers quitter la maison quand on leur disait qu'on allait au pré d'Hosteins car rassurés ils savaient très bien où nous étions...pas toujours ce que nous faisions !

Mon grand-père Papy appréciait donc je fasse du sport, des activités en tout genre, et sans qu'il ne me l'ai jamais dit, je savais qu'il était heureux et rassuré de la part importante que représentait les activités physiques et sportives pour moi.

Néanmoins comme tous les gamins de cette époque, en grandissant j'ai rêvé d'avoir une mobylette. Mais comme mes parents n'ont jamais voulu m'en acheter une à l'âge où quasi tous mes copains faisaient pétarader leur pétrolette dans les rues du village, ce n'est qu'à dix sept ans que j'ai pu m'offrir une meule d'occasion avec mes économies. C'était un Piaggio Ciao qui à fond ne dépassait pas les 40 km/h et qui était très vite distancé par les magnifiques Peugeot 103 SP ou autre Motobécane 51 Black beaucoup plus puissants et très souvent "kités", pour ne pas dire trafiqués, par leurs jeunes propriétaires ou les grands frères de ces jeunes propriétaires. Oui je ramais sur mon Ciao mais sans parler d'ivresse de la vitesse, je découvrais néanmoins une nouvelle liberté et une autre vision de la route, car j'ai pu m'échapper plus facilement et plus loin du Taillan que je ne pouvais le faire en vélo. Cependant j'étais presque à l'entrée de la majorité et beaucoup de mes copains étaient déjà passés à la voiture. Ils avaient passé le permis et utilisaient la petite voiture d'un frère ou d'une sœur aînée, ou empruntaient la voiture familiale, sauf ceux qui étant déjà dans la vie active avaient pu s'acheter, souvent à crédit, le véhicule d'occasion de leur rêve.

Mais malgré mes nouvelles découvertes et plaisirs mécaniques je n'ai jamais arrêté le sport : vélo bien sûr, mais aussi musculation, karaté pendant longtemps, puis rugby à la Fac et plus tard VTT que j'ai pratiqué aussi très longtemps. Je pense que mon grand-père aurait été fier de moi, fier de voir que j'ai pratiqué longtemps l'exercice physique et le sport alors que l'immense majorité de mes copains avaient tout arrêté pris dans la routine de la vie quotidienne d'adulte ou par d'autres centres d'intérêt...notamment leur copine !

Encore aujourd'hui je fais beaucoup de marche à pied pour les petits trajets au lieu de prendre systématiquement la voiture pour me déplacer, et je m'entretiens dans des exercices de gainage. Oui il serait fier aussi de voir que j'ai transmis cet état d'esprit à mes filles toutes les trois sportives, il aurait été très fier de ses trois arrières petites filles, pas seulement de leur côté sportif, mais aussi de leur réussite. Encore aujourd'hui je pense souvent à la réflexion qu'il avait lancé tout haut mais comme pour lui-même, et cela me fait mourir de rire quand je la replace dans le contexte et que je revois le copain au sourire fier et au ventre bedonnant assis sur sa bécane au centre du cercle formé par les gamins ébahis ou envieux. Et oui je lui suis gré à mon grand-père d'avoir parlé sans filtre.

Je sais que Papy a vécu un drame, un traumatisme terrible. Lorsqu'il a été mobilisé à la déclaration de guerre en 1939 il a été intégré dans un régiment de tirailleurs Sénégalais. Les soldats africains de ces régiments coloniaux n'étaient considérés par l'État Major français que comme de la chair à canon, et ils étaient envoyés directement au front dans des conditions peu enviables et encore moins respectables. Sous équipés et sous entraînés face à l'armée allemande, ils ont été décimés pour la plupart. Certains soldats noirs survivants du champ de bataille ont même été fusillés sur place par les soldats allemands ces derniers ne faisant pas de prisonniers pour ceux qu'ils considéraient comme des "sous hommes". Mon grand-père a vécu des combats inhumains en première ligne, des corps à corps impitoyables, des massacres qui l'ont marqués à vie. Il est vraiment revenu de l'enfer traumatisé. Un jour où toute la famille étaient réuni pour un repas de famille, silencieux pendant quasi tout le repas, et comme d'habitude perdu dans ses pensées, il a lâché d'une voix sourde que je n'oublierai pas :

-" Vous ne pouvais pas comprendre ce que c'est que le sang chaud d'un homme qui coule sur les mains quand on l'égorge !".

Un long silence a suivi cette réflexion lancée à la volée, je me souviens des regards embarrassés des personnes attablées. Cette scène s'est déroulée vers le milieu des années 1975, à une époque où la majorité des personnes autour de la table, c'est à dire ses enfants et leurs conjoints, avaient entre 20 et 30 ans; lui en avait prés de 60 et il devait être sûrement agacé par certaines conversations.

Après avoir été fait prisonnier, il a été démobilisé et il est rentré chez lui au début de l'occupation. Son père Raoul qui lors de la guerre 14-18 avait été blessé gravement trois fois sur plusieurs fronts, dont celui de Verdun, et qui avait participé à la catastrophique bataille des Dardanelles avec le corps expéditionnaire franco-britanique, attendait son retour. Alors même qu'il n'avait pas vu son fils depuis plusieurs mois, alors même que cet ancien combattant ne pouvait ignorer les horreurs de la guerre qu'avait pu vivre son fils, alors même qu'un père ne peut être qu'en joie de revoir son fils vivant après de telles tragédies, les premières paroles qu'il a prononcé lorsqu'ils se sont retrouvés ont été :
- " Avec nous en 14 ils ne sont pas passés !"
C'est le même homme, ancien fier combattant de 14-18 n'ayant jamais digéré la défaite de 1940, qui un jour de début août 1944 devant une colonne de soldats allemands refluant vers Bordeaux et arrêtée devant le puits de la maison familiale pour se ravitailler en eau, a tranché la corde à laquelle était attaché le seau en fer blanc : devant les soldats médusés, et la famille et les voisins atterrés et effrayés, le

seau est tombé au fonds du puits et a coulé. Une fois la corde coupée, après avoir replié son couteau dans sa poche, mon arrière grand-père Raoul a tourné les talons et a regagné tranquillement la maison. Tout le monde s'attendait à le voir s'écrouler sous une rafale, ils en avait fusillé et abattu pour moins que cela dans le Médoc. Mais il n'en fut rien.

Je n'ai qu'un seul souvenir de mon arrière grand-père paternel Raoul : ma grand-mère se rendait tous les jours dans la maison de famille de son époux où vivaient les frères célibataires de mon grand-père et Raoul son père. Elle mettait des gouttes dans les yeux de son beau-père. Je revois mon arrière grand-père amaigri, une barbe grise naissante au creux des joues, la tête renversée en arrière sur sa chaise, et écarquillant les yeux larmoyant recevant les gouttes. Je ne l'ai connu que dans les dernières années de sa vie : il est décédé le 16 juillet 1975 à l'âge de 86 ans.

- "Avec nous en 14 ils ne sont pas passés"

Je suis certain que mon grand-père a vécu cela comme un choc émotionnel terrible, lui déjà considéré comme un soldat de 40, un soldat de la défaite par la majorité de la population. Je suis certain qu'il a porté cette défaillance en lui toute sa vie comme une culpabilité écrasante, comme une honte. Lorsque mon père ému m'a raconté cette histoire j'en avais les larmes aux yeux. Papy était déjà décédé, mais j'aurai voulu qu'il soit vivant pour le serrer dans mes bras et lui dire qu'il n'y était pour rien, qu'il s'était battu avec honneur avec les pauvres moyens que l'État indigent leur avait donnés, qu'ils avaient étaient trahis, nos valeureux soldats, par des politiciens inconscients et incompétents aveuglés par le mirage de la ligne Maginot et des généraux d'un autre temps, totalement dépassés et incapables, responsables de la défaite inévitable pour n'avoir pas su appréhender autour d'eux le monde qui changeait.

Pendant l'occupation mon grand-père a repris son travail de cheminot et il me racontait qu'il faisait dérailler les trains en gare. Un jour que je lui posais la question il m'a répondu en souriant et avec une belle lueur dans le regard qu'avec ses amis cheminots ils changeaient certains aiguillages pour les remplacer par des plus courts. Visuellement le subterfuge ne se voyait pas, c'est le poids de la locomotive qui faisait casser la visserie : le train sortait du dépôt à très faible vitesse et déraillait doucement sans se coucher lorsque les roues de la locomotive patinaient dans le vide. Les dégâts engendrés sur la voie ferrée par les rails tordus masquaient ce sabotage ingénieux.

Un jour dans la gare de triage plusieurs cheminots ont détourné et isolé un wagon de marchandise. Mon grand-père faisait partie du groupe. Après avoir fracturé la porte, ces hommes ont découvert que le wagon était rempli de boites de converses et notamment de boites d'ananas. Chaque jour pendant de nombreux mois durant l'Occupation, il y a eu de l'ananas aux repas dans notre famille, si bien qu'un jour mon grand-oncle Gilbert s'est exclamé dégoutté en repoussant son assiette :

-" y en a marre maintenant de cette citrouille !"

Et tout le monde autour de la table a éclaté de rire.

Papy était un homme qui fumait beaucoup, le paquet de clopes entamé, légèrement écrasé et froissé ne quittait pas la poche de son pantalon, de son bleu de toile de coton. Je l'ai toujours vu une cigarette à la main où à la bouche. Il portait une fine moustache, et à l'endroit où la cigarette se consumait entre ses lèvres, cette partie de la moustache était toute décolorée par la fumée : elle était toute beige, marron claire, comme l'intérieur de ses deux doigts qui avaient tenu des centaines de clopes. Je me souviens que je jouais avec mes petites voitures en fer blanc sur la plaque de la cheminé, et lui me regardait jouer, assis face à moi, accoudé à la table de la cuisine, il soufflait par la bouche et le nez les volutes de fumée bleue de sa cigarette en me faisant des clins d'œil. Je lui répondais en faisant des grimaces que je croyais être aussi des clins d'œil et il souriait de mes mimiques d'enfant.

Un jour, il a eu un malaise, et il est tombé de sa chaise. Je l'ai vu glisser lentement sur le sol secoué par un hoquet et s'affaisser sur le dos, une trace de morve pendait du nez lui barrant la joue. Il n'a jamais cessé de me regarder pendant ces quelques secondes de chute, ni pendant qu'un de mes oncles et ma grand-mère l'aidaient à s'asseoir par terre. Je n'oublierai jamais son regard, ses yeux fixes et inquiets plantés dans les miens, conscient de ce qu'il lui arrivait. Il était atteint du cancer du poumon et commençait à décliner, ce qui ne l'empêchait pas de continuer à fumer ses Gauloises sans filtre. Son état s'est aggravé dans les mois qui ont suivi, et il arrivait qu'il soit pris de vomissements. Lorsqu'il vomissait dans la petite bassine en plastique, ma grand-mère allait la vider dans le poulailler ou la cabane en bois derrière la maison qui faisait office de feuillets. Un jour que je jouais tout seul au ballon dehors contre le mur du chai, j'ai couru vers elle pour l'accompagner comme je faisais toujours lorsqu'elle partait donner à manger aux poules ou ramasser les œufs. J'ai été trop vite, elle n'a pas eu le temps de se détourner, et j'ai aperçu le contenu de la bassine. Des années plus tard, en cours de criminologie à la Faculté de Droit de Bordeaux, lorsque le professeur et médecin légiste Monsieur Lazarini nous a projeté à l'écran les images d'une autopsie du contenu d'un poumon atteint du cancer et des régurgitations des malades, j'ai été le seul de la vingtaine d'étudiants à ne pas gémir de dégoût. Papy se savait bien sûr condamné, il était lucide, il savait très bien comment cela allait finir. Peut-être même qu'il l'attendait. Vers l'âge de 11 ans j'ai eu une véritable passion pour l'histoire de l'aviation et les pilotes de chasse. J'en parlais chaque fois que l'on me demandait ce que je voulais faire plus tard, et je dévorai sur ce sujet-là tous les livres qui me passaient à portée des mains. Un jour Papy m'a lâché :

- "Démerde toi pour m'amener faire un tour là haut en avion avant que je crève !"

Je n'ai jamais piloté d'avion Papy, mais même sans être pilote, je te jure que je nous aurais offert un baptême de l'air et que tous les deux nous aurions survolé notre chère région. Tu aurais aperçu ton village, ta maison de famille, et même ton jardin potager où tu aimais tant travailler, et croquer les fèves en marchant tranquillement entre les rangs de légumes bien alignés que tu avais planté et semé.

Je suis né trop tard Papy, ou c'est toi qui est décédé trop tôt. Nous sommes passé à côté l'un de l'autre tous les deux, j'étais trop jeune pour trouver les mots qu'il aurait fallu. J'aurai tant aimé parler avec toi, mieux te connaître, et tu n'imagines pas à quel point je comprends aujourd'hui quelle pouvait être ta souffrance et ta solitude. Tu n'imagines pas à quel point nous nous ressemblons tous les deux.

Ma grand-mère maternelle Mamé Raymonde
Ma grand-mère paternelle Mamie Yvette

Enfant, avant que j'aille à l'école, et après, durant les vacances scolaires ainsi que le mercredi à partir de 1972 (avant 1972 c'était le jeudi qu'il n'y avait pas classe), c'était mes grands-parents qui me gardaient la journée car mes parents étaient au travail. Mes parents n'avaient qu'une seule voiture, et c'est ma mère qui la prenait car elle travaillait à Bordeaux. Mon père qui travaillait au Haillan à moins de quatre kilomètres de la maison était amené et ramené tous les jours par son frère Claude qui lui travaillait à Saint-Médard-en-Jalles et qui faisait un petit détour matin et soir pour porter son frère en voiture.

Lorsque j'allais chez mes grands parents paternels l'hiver, mes parents m'amenaient chez eux le soir après le repas afin que j'y passe la nuit : leur maison n'était qu'à deux cent mètres de la notre mais cela évitait à ma grand-mère Mamie de venir chez nous me lever le matin en ces périodes où les journées sont courtes et froides. Elle gagnait ainsi du temps sur les courses et activités matinales et moi je gagnai presque deux heures de sommeil. J'arrivai souvent sur les épaules de mon père et dans la cuisine j'agrippais de mes petites mains les barreaux de sécurité du vasistas en demandant à mon père de me laisser là accroché les pieds pendants dans le vide. Bien sûr il ne le faisait pas car je n'avais pas la force de tenir, mais il faisait semblant de me lâcher et je criais en sentant mes mains glisser sur les froides barres de fer.

L'été il en était autrement : mes parents partaient au travail et fermaient la maison derrière eux, puis quelques temps après ma grand-mère Mamie arrivait et me levait puis m'habillait. Elle m'amenait ensuite souvent avec elle quand il faisait beau et pas trop froid. Elle me mettait sur la plate forme centrale de son solex et poussait l'engin à pied sans le démarrer en marchant de côté. Elle prenait le solex car il était muni de deux sacoches où elle pouvait mettre les affaires et commissions, et elle pouvait aussi utiliser le porte bagage. J'étais très fier debout les pieds sur l'étroit support et les bras justes assez longs pour agripper le guidon de mes mains.

Nous partions faire les courses dans le village. Le premier immuable était le passage chez Philippe Pru le boulanger où elle prenait le pain pour la journée ainsi que pour mes oncles et ma tante. Ces derniers passaient tous les soirs après le travail à la maison familiale récupérer le pain de leur repas du soir.

Mais ce que j'aimais beaucoup c'était d'aller chercher le lait chez Simone et Hubert Barbe. Nous partions à pied depuis la maison, souvent accompagné par Mimi la voisine, ou bien par une autre voisine que nous rencontrions en chemin. Mamie avait avec elle un ou deux bidons de lait en aluminium avec des anses en bois clair, et moi un plus petit bidon en tout plastique blanc que je portais fièrement jusqu'à chez Simone. Cette dernière faisait dépôt de lait. Lorsque nous arrivions chez elle, nous étions accueilli par une demi-douzaine d'imposants bidons gris de 20 litres aux larges anses. Simone nous apostrophait le sourire aux lèvres, et les femmes échangeaient des nouvelles. Simone prenant bien appui sur ses jambes agrippait ensuite un des lourds bidons dont elle transvasait le blanc contenu liquide odorant dans un autre, pour finalement remplir nos récipients.

De retour à la maison Mamie faisait bouillir le lait dans une grande casserole d'aluminium. Je grimpais sur une chaise pour être à hauteur de la cuisinière. J'étais en effet en charge de surveiller le lait et d'avertir ma grand-mère lorsqu'il commençait à monter afin qu'elle enlève la casserole du feu. Je prenais très au sérieux cette mission et je ne quittai pas des yeux ladite casserole. Je connaissais très bien les différentes étapes de la montée en température et alertais immanquablement ma grand-mère au moment où la mousse se formait.

Après avoir faits les courses, Mamie partait souvent le matin chez monsieur et madame Leboucher qui habitaient à quelques maisons de chez nous et chez qui elle faisait le ménage et le repassage. C'était des gens charmants, elle institutrice à l'école du Taillan avec ma tante Michèle, et lui avait à Bordeaux une quincaillerie. Il faisait aussi les livraisons de bouteilles de gaz car il travaillait aussi en collaboration avec le groupe Total et avait un jour grâce à ses très bons résultats gagné une Citroën méhari offerte par son employeur. Il avait une fois amené mon grand-père Henri avec qui il était très ami à la chasse dans le Médoc avec ce véhicule : ils avaient fait monter leurs chiens respectifs à l'arrière de la méhari avec tout le barda, et durant le trajet, les chiens couchés derrière glissaient sur le plancher de tôle ondulée à chaque virage. Le raclement de leurs griffes dérapant sur la tôle ondulée du plancher déclenchait les rires de deux hommes qui ondulaient eux aussi et louvoyaient dans ce véhicule typique au rythme des petites routes de campagne.

J'aimais aller avec ma grand-mère Mamie chez monsieur et madame Leboucher car j'y retrouvai souvent Eric, le dernier de leur enfants, qui avait à peine un an de plus que moi. Nous avons été tous les deux toujours copains, notre passion commune de la chasse venant de nos grands-pères respectifs nous rapprochait d'autant plus. On posait tous les deux des pièges pour attraper des moineaux et des merles dans le pré situé entre les maisons de nos parents, mais pour être exact je devrai dire "essayer d'attraper" car je n'ai pas mémoire d'avoir ramené des pièces de gibier à la maison. Nous étions gamins, plus excités par la "fièvre de la chasse" à jouer les David Crockett en herbe que vraiment efficaces dans notre piégeage. En face de la maison d'Eric, dans l'autre pré où Édouard notre voisin commun avait ses vaches, il y avait un petit blockhaus allemand à moitié enterré, vestige de l'emplacement d'un projecteur de DCA de la dernière guerre, et il nous arrivait de tirer à la carabine à air comprimé d'Eric depuis la fenêtre de sa chambre située au premier étage. Nous installions les cibles de carton sur la clôture afin que les plombs se fichent sans danger dans l'herbe au pied du blockhaus. Bon il fallait faire attention aux vaches, mais ces dernières prudentes avaient appris à reconnaître le petit bruit sec de la carabine à plomb, et ne s'approchaient pas des deux nemrods en culotte courte. Ah oui, juste une précision, et vous l'avait noté peut-être avec stupéfaction : oui jusqu'au milieu des années 80's il y avait des vaches en plein Taillan !

Nous repartions avec ma grand-mère en fin de matinée, et il fallait qu'elle hausse le ton pour me faire décrocher de nos jeux d'enfants avec Eric, surtout lorsque nous tirions à la carabine car mes parents, malgré mon insistance, n'avaient jamais voulu m'en acheter une. J'en profitais donc au maximum lorsque j'étais chez Eric !

Nous rejoignions la maison afin que Mamie prépare le repas du midi. Son amie de toujours Marie arrivait presque en même temps. Cette femme adorable, veuve et seule, passait ses journées avec ma grand-mère et mon arrière grand-mère Poupoune dans notre maison familiale. C'étaient les trois femmes de la maison, complices dans la vie, et complémentaires dans la tenue du foyer et les tâches ménagères ou travaux de couture. Il faut dire que Marie faisait vraiment partie de la famille, elle était très appréciée par tous pour sa gentillesse, et elle trouvait chez nous le moyen de rompre sa solitude. C'est ainsi que régulièrement à l'occasion de nos repas de famille, Marie apportait une bouteille de vin. C'était du bon vin vieux d'une cuvée qu'elle et son époux avaient tiré de leurs vignes il y avait plusieurs années de cela en prévision du mariage de leur petit-fils Jean-François. Le vin était du millésime 1947 année de naissance du petit-fils. Mais leur fils René cet abruti n'en avait pas voulu sur la table du mariage de son fils au motif que les bouteilles de ses parents n'avaient pas d'étiquettes. Cet orgueilleux avait fait beaucoup de peine à ses parents, et Marie en était restée fortement peinée et attristée. Elle apportait donc régulièrement une bouteille de ce vin vieux lors de nos repas familiaux...et ce bon vin a longtemps fait le bonheur de la tablée et aussi enfin de Marie toute souriante et heureuse de voir que son vin était apprécié.

Tandis donc que Mamie préparait le repas, j'aidais Poupoune à mettre la table. Tous les midis ma tante Michèle qui était institutrice à l'école communale du Taillan venait manger, de même que mon oncle Claude qui travaillait à Saint-Médard. J'aimais mon oncle Claude, blond souriant aux yeux bleus et d'une gentillesse infinie, avec qui quelquefois je jouais au foot en attendant de se mettre à table. Dans la poche arrière de son pantalon il avait un petit peigne dans un étui de cuir, c'était la

mode car dans les années 70's les garçons portaient les cheveux longs.
Immanquablement je lui demandais :
- « Tonton tu peux me peigner ? »
Il passait alors son peigne dans mes cheveux, ou bien me le donnait pour que je me peigne moi-même, et très fier, avec des gestes maladroits, j'avais l'impression de faire comme les grands.
Les après-midi, les trois femmes les passaient souvent à coudre ou tricoter, discutant ensemble durant leur ouvrage autour de la longue table de la cuisine. Mamie s'installait de temps en temps devant sa machine à coudre Singer à pédales, et je m'amusais de ses mouvements de pieds actionnant, dans un bruit caractéristique, le mécanisme de l'aiguille tandis que la pièce de tissu glissait lentement sur le côté au fur et à mesure du piquetage. C'est Marie qui m'a appris à coudre : modestement j'ai débuté par faire des sacs à pain. Elle me donnait un morceau de tissu, le pliait à la forme voulu et me montrait où piquer après avoir passé le fil dans le chas de l'aiguille. J'ai ainsi passé des après-midis entiers avec ces trois femmes à mon

apprentissage couture. Devenu jeune adulte j'étais capable de recoudre une poche trouée de pantalon ou bien de refixer un bouton de veste ou de pantalon. Lors de mon service militaire, un petit nécessaire à couture était fourni avec l'équipement des appelés, et avec quelle perplexité mes copains de chambrée m'ont vu un jour rafistoler mon treillis avant l'inspection ! Ce savoir-faire basique m'a souvent sauvé la mise par la suite, lorsqu'à vingt quatre ans j'ai débuté seul à Paris ma vie d'adulte. Merci beaucoup Marie !

D'autres fois, à la saison, ma grand-mère apportait sur la table un gros sac de haricots blanc qu'il fallait écosser. Marie, Poupoune, Mamie et moi nous nous attelions à la tâche. J'avais quelques fois du mal avec mes petites mains à ouvrir la cosse dans le sens de la longueur. Je cassais alors carrément la cosse en deux, pressait de mes deux pouces au niveau du haricot encore en partie caché, et tout à coup celui-ci brusquement expulsé partait comme un projectile. Les trois femmes poussaient alors des cris et moi je riais aux éclats !

Mais il y avait un rituel sacré auquel aucune

des trois n'a jamais dérogé : c'était la messe. Catholiques pratiquantes elles assistaient à la messe hebdomadaire en notre église Saint Hilaire. Elles partaient toutes les trois, souvent accompagnées de Jeannine la voisine et mère de mon copain d'enfance Philippe. Elles partaient de front bras dessus bras dessous tenant ainsi toute la largeur de la rue qui descendait vers l'église. Mon oncle Alain, à leur approche, avait dit un jour :
- « Attention ! Voilà la bande à Bonnot ! »

Lorsque j'étais chez mes grands-parents maternels j'y restait toute la semaine complète car ils habitaient au Haillan à presque deux kilomètres, et mes parents ne faisaient pas des allers-retours quotidiens pour me récupérer. J'ai commencé à aller chez mes grands-parents maternels très tôt car ils avaient le chauffage central et pas mes parents : ils ont dû faire des travaux dans leur maison pour la moderniser, et en attendant j'étais chez mes grands-parents. Après je pense aussi que cela ne leur déplaisait pas de vivre à deux leur vie d'amoureux.
Tous les matins ma grand-mère Raymonde

devait aller à Eysines s'occuper de sa mère handicapée et impotente. Pendant des années, tous les jours, été comme hiver, elle y allait en mobylette (car elle n'avait pas le permis de conduire contrairement à mon arrière grand-mère – sa belle-mère – qui conduisait sa Simca 1000, et avait dans l'après-guerre conduit le camion, le Citroën U23 ailes plates de 1947, camion de l'exploitation). Elle m'amenait souvent avec elle le matin et même l'hiver s'il le fallait : elle m'installait dans un petit siège grillagé en fer fixé sur le porte bagage de sa mobylette. Ce siège avait des supports de chaque coté pour que je pose mes pieds. Elle me couvrait bien, s'assurait que j'étais bien assis, puis elle basculait la mobylette sur sa béquille pour pouvoir la démarrer. Elle enfourchait ensuite la bécane et en avant ! Nous prenions le chemin qui menait à la route du Médoc, puis au croisement de la "Mascotte" devant l'imposant blockhaus, elle prenait la direction d'Eysines sur cette route non éclairée, passait par le virage en côte, prenant de l'élan dans la pente qui suivait, elle abordait la côte du cimetière d'Eysines pour enfin arriver à la maison de ses parents. Inutile de dire qu'à cette époque, ni elle, ni moi n'avions de casques. Un foulard épais pour elle, une casquette à rabats pour moi, tous les deux biens couverts, et c'était parti ! J'ai encore dans la tête le bruit de cette mobylette Motobécane et la sensation de filer comme le vent ! J'adorais !

Arrivés à la maison de mes arrières grands-parents, je jouais dans la grande véranda pendant qu'elle allait s'occuper de sa mère. Je n'ai plus le souvenir de mes activités, juste le souvenir de ces grandes baies vitrées de couleur beige, et de l'arrivée de ma grand-mère poussant sa mère habillée et apprêtée dans son fauteuil roulant, l'installant à la table pour son petit déjeuner. Elle me souriait toujours en passant la porte mais j'étais intimidé par cette arrière grand-mère pourtant très gentille. Mon arrière grand-père, son époux, je l'avais surnommé "papé lunettes" car il ne pouvait lire sans ses carreaux ajustés sur de fines montures d'acier. Ma grand-mère finissait la matinée chez eux en lui mettant délicatement les gouttes dans les yeux.

Mon arrière grand-mère s'installait ensuite contre le mur de la véranda face à la route qui sortait du village et d'où elle pouvait observer à loisir les passages des voitures, les allées et venues des uns et des autres, et les maisons environnantes. Puis nous repartions ma grand-mère et moi, tous les deux équipés comme à l'aller, sur la mobylette pétaradante.

La chasse

Les saisons rythmaient la vie quotidienne dans ma famille, elles commandaient les différentes et successives plantations du jardin, le ramassage des fruits, la culture des légumes et leurs récoltes, et elles apportaient les produits de la nature à la table familiale : l'alose au mois de mai, les asperges et la fête de l'ail en juin, les alouettes et les palombes en octobre accompagnées des ceps et des premières châtaignes, les melons d'Espagne et leur confiture à l'entrée de l'hiver, et les grives bien sûr dès le début des vendanges jusqu'aux froides matinées d'hiver….Que ce soit du côté maternel ou du côté paternel, la chasse aux oiseaux migrateurs faisait partie de la vie, la chasse dans sa pratique occupait bien la moitié de l'année, et finalement les discutions autour de la chasse, les récits, les anecdotes et souvenirs c'était toute l'année !

L'ouverture pour nous c'était début septembre car nous ne chassions pas le canard, mais pour les «tonnayres» l'ouverture de la chasse au canard était traditionnellement fixée le 14 juillet. C'est donc l'ouverture qui lançait la saison de la chasse laquelle coïncidait pour nous avec les premières migrations, aussi, elle était toujours attendue avec impatience. La chasse au petit gibier était un art de vivre mais autrefois dans nos campagnes elle était un complément indispensable à l'alimentation : outre les brochettes de grives, d'alouettes ou autres « petits », un salmis de palombes, un civet de lièvre ou même de lapin de garenne pouvait être un plat de fête. Dans les maisons où j'ai été élevé, j'ai toujours vu les femmes préparer le petit gibier, plumer grives et alouettes, palombes et bécasses, et les hommes nettoyer et huiler les fusils car cette chasse au petit migrateur était ancrée dans le milieu paysan et ouvrier dans lequel j'ai grandi. Enfant avec mes grands-mères j'ai appris à plumer, à flamber (passer au feu les oiseaux plumés pour enlever le petit duvet) et vider les oiseaux, et avec mon grand-père maternel et mon père à démonter et graisser les fusils. Les femmes posaient les oiseaux sur la table de la cuisine et les plumaient en poussant les plumes sur un papier journal. Au fur et à mesure le tas de plume grossissait et ressemblait à une colline mouvante, instable et légère. J'avais pour recommandation de rester assis sans gestes brusques et, si je devais me lever, de me déplacer doucement pour ne pas créer de courant d'air. Bien sûr la blague favorite de Papé était de s'approcher l'air de rien de la table et de faire semblant d'éternuer au dessus du tas de plumes. Immanquablement ma grand-mère le repoussait à grands gestes faisant mine d'être en colère, ce qui bien sûr créait un mouvement incontrôlé de la colline de plume que mon arrière grand-mère Henriette essayait en vain de contenir sous les rires de mon grand-père.

Dès mon plus jeune âge j'ai donc été en immersion dans cette chasse populaire au petit gibier migrateur qui avait une place importante dans notre vie quotidienne. Il était habituel de voir les hommes sortir le fusil à la main, ou bien le démonter pour le nettoyer, les pièces de l'arme étalées sur la table de la cuisine; de même que les cuisinières s'afférer à plumer, vider et cuisiner les oiseaux ou lièvres et lapins de garenne. Très jeune j'ai donc été au contact des armes de chasse et j'ai reçu avant même d'être en âge d'utiliser ces armes une éducation très stricte sur leur maniement ainsi que sur les règles de sécurité. L'arme n'était pas un objet tabou ou dont nous avions peur : c'était un objet usuel certes dangereux mais que nous savions manipuler en toute sécurité. Au retour de la chasse les hommes nous donnaient à nous les enfants des cartouches vides. J'adorais l'odeur de poudre et de brûlé qu'elles dégageaient lorsque nous portions ces douilles vides à nos narines. Nous les rangions dans de vieilles cartouchières de cuir trop grandes pour nous que nous portions en travers du torse comme des guerriers mexicains de Pancho Villa. Nos jeux bruyants étaient stoppés lorsque nous étions appelés pour le repas de famille qui faisait la part belle aux récits habituels des chasseurs. Autour de la table tout le monde, hommes, femmes et enfants partageaient ces anecdotes et riaient de ces aventures vécues et maintes fois racontées.

Chez mes grands-parents maternels, mon grand-père accueillait avec plaisir ses nombreux amis et connaissances, que ce soit des relations de travail, des agriculteurs comme lui, ou simplement des amis qui venaient rendre visite. Ces derniers passaient en général le midi ou le soir juste avant le moment des repas, et systématiquement mon grand-père leur proposait l'apéro, c'est à dire un verre de traditionnel Ricard accompagné des non moins traditionnelles cacahuètes et petits gâteaux secs. Tous les profils et personnages étaient représentés chez ces visiteurs, tous les âges, mais quelque soit la nature ou le pourquoi de la visite de ces hommes, quelques fois accompagnés de leurs épouses, le point commun à tous était la chasse. Et autour de la table de la cuisine, immanquablement et quelque soit la période de l'année ou le motif initial de leur venue, la discussion arrivait à un moment ou un autre sur la chasse. La chasse, les jours de passage, les tableaux, les anecdotes, les histoires de chasse...tout tournait pour ces hommes autour de la chasse. J'ai été élevé au milieu d'eux, au milieu de leur passion communicante, au milieu de leurs éclats de voix racontant le « déboulé des vols de palombes dans la gueule », mimant les « tirs dans le zig alors que la bécassine est dans le zag », faisant les gestes d'épauler brusquement pour expliquer la rapidité des grives plongeant dans les vignes...je suivais en les vivant littéralement ces récits quelques fois exagérés qu'ils faisaient les yeux écarquillés dans des « tu aurais vu ça ! » ou bien des « mais je te jure bon sang ! ». Et certaines de ces histoires, répétées aux fils des années arrivaient à prendre un peu plus d'ampleur à chaque date anniversaire :

- « Tu aurais vu ce lièvre, il était énorme, je voyais ses oreilles au-dessus de la vigne ! »

- « Putain t'es sûr que c'était pas un âne plutôt ?! »

Ce qui avait fait dire un jour Jeannot à ma grand-mère en lui montrant la table de la cuisine et en s'esclaffant de rire alors que mamé Raymonde passait un coup d'éponge sur la toile cirée de ladite table :

- « Ah elle en a entendu celle-là des conneries ! »

Les adultes éclatèrent de rire à cette réflexion, mon grand-père secouant la main d'un geste expressif, et les deux hommes hilares se regardaient une lueur de complicité dans les yeux.

Oui j'ai été élevé par des chasseurs d'oiseaux migrateurs, par des plumeuses d'oiseaux de passage, et des cuisinières magnifiques. Une continuité naturelle et superbe.

Oui j'ai attrapé très tôt le virus de la migration, de l'incertitude et du mystère du passage, de l'espoir des petits matins qui vous fait passer une nuit blanche, de la surveillance des vents, de l'attente debout au milieu des marais dans les barrails de notre Médoc, ou à genou au milieu des oyats dans le sable les dunes océanes.

J'ai eu donc très tôt une vraie passion pour la migration, pour cette chasse de saison qui vous donne la fièvre dès que les fougères commencent à brunir, que les jours raccourcissent, que les feuilles des arbres se font plus fragiles, que le vert de l'été fait place aux ors et pourpres de l'automne, que les senteurs des sous bois se font plus puissantes, que les légères brumes matinales s'accrochent à la terre refroidie. Cette fièvre de la migration se manifeste de manière singulière : vous portez en vous une chaleur constante dans la poitrine parce que vous avez aperçu les premiers signes des mouvements migratoires, et vous passez votre temps à la moindre occasion, à pied ou en voiture, à surveiller le ciel et les vols attendus des oiseaux : vols désordonnés et piaillant des « petits », tits, pinsons, chardonnerets...vols rapides et nerveux des palombes, petits vols chantant des grives, gros vols dispersés et étendus d'alouettes, vols géométriques des vanneaux ou des oies, nuages d'étourneaux...des millions d'oiseaux entament leur voyage vers le sud, indifférents aux vicissitudes humaines. Ignorants des préoccupations des bipèdes, poussés par un instinct immuable et une force sacrée, ils participent au grand voyage de la survie, au formidable et puissant spectacle de la migration.

Bon sang que de nuits blanches j'ai passé, et je passe encore, ne trouvant pas le sommeil, tournant et retournant dans mon lit, l'esprit à courir sur les dunes au milieu de la « lède » et des vols rasants d'alouettes, à remonter les rangs de vignes tirant les grives au cul levé, à me jeter accroupi derrière une touffe de brande ou de genêts me cachant d'un soudain vol de palombes surgissant au ras de la cime des pins et glissant au milieu de la coupe !

C'est donc mon grand-père maternel qui m'a "donné le feu de la chasse" en me faisant partager dès ma petite enfance sa passion pour la chasse aux oiseaux migrateurs qui était aussi son seul loisir dans sa vie de labeur. Papé était maraîcher et vivait dehors douze mois sur douze au contact de la nature : l'observation de la migration allait de pair avec l'observation du temps, des températures et des vents...que ce soit pour lancer les arrosages d'été des cultures, ou pour décider de commencer les labours avant que la pluie ne les complique, ou bien sûr pour envisager le passage des premières alouettes, il anticipait la météo des jours à venir. Cette anticipation des changements de temps était née de l'observation des vents et de la course des nuages, mais aussi de la surveillance de la terre, des animaux et des oiseaux migrateurs. De son travail quotidien dans les champs et de ces années d'observations en pleine nature, il en avait tiré l'expérience des anciens et édicté des règles qui étaient infaillibles . Par exemple lorsque l'humidité de la terre du chemin ressortait en fin de journée faisant ainsi apparaître le sol plus foncé que d'ordinaire, c'était un signe certain de pluie dans les quarante huit heures. Il disait :

- "regarde, le chemin remouille, il va pleuvoir d'ici deux jours !"

C'était immanquable il ne se trompait quasi jamais.

De même il aimait rappeler qu'il n'était pas utile de consulter le calendrier des P.T.T pour savoir si le 15 août était passé. Le visage tourné vers le ciel, tournant la tête à gauche et à droite, fouillant l'azur de ses yeux bleus, il faisait remarquer :

- "Tu vois il n'y a plus de martinets, ils font partie des premiers à foutre le camp"

Puis me regardant dans les yeux avec un grand sourire :

"Après le 15 août il n'y a plus de martinets, alors que les dernières hirondelles passent à la côte jusqu'à fin octobre si le temps est au beau. Mais tu peux être certain qu'après le 15 août s'il n'y a plus de martinets, car ils ont tous brusquement foutu le camp, c'est que les températures vont changer !"

Papé a chassé dès son plus jeune âge, tout

enfant, surtout les alouettes aux pantes car bien qu'il y ait eu toujours des fusils à la maison, les cartouches même à fabriquer soit-même, à recharger comme le faisait les gens à l'époque coûtaient assez cher. De plus mon grand-père avait été marqué par le fait qu'il avait été dénoncé au début de l'Occupation car il n'avait pas remis son fusil à la mairie comme l'avaient exigé les allemands. Et pour cause ! Ce fusil, un « hammerless » lui avait été offert par son père pour son anniversaire en juin, juste quelques mois avant la déclaration de la guerre, et il n'avait pas eu le temps de l'utiliser. Il avait juste « blanqué » les deux canons sur le vieux pommier devant la maison, c'est à dire qu'il avait tiré deux cartouches sur les pommes pour voir le regroupement des canons. A l'arrivée des allemands il avait démonté ce fusil, graissé généreusement toutes les pièces, puis les avait enveloppées soigneusement dans des vieux vêtements de coton et cachées dans une fausse cloison. Mais un jour le maire est venu le voir :

- « Henri tu as été dénoncé, il faut que tu rendes ton fusil, je suis désolé mais tu risques gros si les boches l'apprennent »

La rage au cœur, blanc comme un linge, il s'était exécuté et avait remis son fusil.

Il racontait de temps en temps cette histoire qui l'avait profondément meurtri et la colère prenait rapidement le dessus car il n'avait pas réussi à avoir les preuves formelles à l'encontre de la personne jalouse qu'il soupçonnait.

Cela ne l'empêcha pas durant toute l'Occupation de chasser et braconner aux pantes, chasse qu'il maîtrisait à la perfection car il savait très bien siffler et ramager les oiseaux.

Les pantes aux alouettes c'était vraiment la chasse des gens modestes, la chasse populaire par excellence, une chasse simple et sélective qui ne nécessitait que de faibles moyens : des ressorts et des filets. Mais c'était une chasse de patience et de talent pour ramager les alouettes afin de les faire poser dans le labour, puis déclencher les ressorts rabattant alors les filets sur les oiseaux. Chasse sans fusil, juste les sifflets coincés entre les lèvres, les yeux rivés dans l'azur pour essayer d'attirer les vols approchants des alouettes et les faire poser dans le carré. Cette chasse était ancrée dans notre culture familiale, et outre le fait qu'elle apportait un complément alimentaire indispensable à une époque où on ne mangeait pas de la viande tous les jours, elle pouvait apporter aussi un petit complément financier. En effet après la guerre, mon arrière grand-mère Henriette avait au marché des Capucins ses amateurs d'alouettes, de fins gourmets qui étaient devenus ses discrets clients. Elle coinçait par le cou dans une tige de bambou fendue des lots d'une douzaine d'alouettes dont elle avait aussi plumé le cul afin que les clients puissent constater que la croupe des oiseaux étaient bien grasse. Elle vendait ainsi de temps en temps à la saison de la chasse, "sous le manteau", les alouettes aux gens de Bordeaux, les gens de la ville comme elle disait. L'argent gagné ainsi servait essentiellement à acheter des semences de légumes destinées aux plantations du printemps à venir.

Pour en revenir à la guerre et à l'Occupation, les allemands avaient donc confisqué tous les fusils de chasse interdisant par là même cette pratique. Néanmoins l'occupant était ignorant d'autres pratiques cynégétiques traditionnelles très locales comme la chasse aux pantes, inconnue en Allemagne ou en Autriche...et même dans la plupart des autres régions françaises ! Aussi dans tout le grand Sud-Ouest, ressorts et filets avaient été planqués avec sérénité dans les maisons et dans les fermes car ce n'étaient pas des objets qui retenaient le regard des soldats allemands parmi le matériel qu'utilisaient au quotidien les agriculteurs de l'époque. Et certains les avaient installés très discrètement dans des prés isolés. C'était le cas de mon grand-père. En plus, avec sa mère mon arrière grand-mère Henriette, en leur qualité de maraîchers, ils étaient tous les deux titulaires d'un laisser-passer, un ausweiss, qui leur permettait de circuler librement même pendant le couvre-feu. Mon grand-père partait en effet avec le cheval et sa charrette en fin de nuit jusqu'au marché des Capucins en plein Bordeaux vendre ses légumes. Chemin faisant, dans l'obscurité sur les routes désertes, il écoutait le ciel, et les nuits de migration, les nuits de passage, il entendait sans les voir les cailles, grives et alouettes. Il se dépêchait donc de faire ses affaires à Bordeaux, revenait le plus rapidement possible à la maison, et filait dans les prés éloignés qu'il connaissait comme sa poche tendre les ressorts des pantes qu'il avait au préalable préparés. Il pouvait ramener ainsi sur la table de la cuisine, les jours de passage fructueux, quelques douzaines d'alouettes et de « tits » pour améliorer l'ordinaire en ces périodes difficiles.

La première fois que mon grand-père Henri m'a amené à la chasse c'est au mois de mai 1973 à la tourterelle, la tourterelle sauvage, à la Pointe de Grave.

Ah cette fameuse chasse de printemps ! Chasse traditionnelle de notre région, chasse emblématique qui réunissait chaque année depuis plusieurs générations des centaines de chasseurs et qui faisait vivre en véritable poumon économique, des dizaines et dizaines de commerces : boulangers, hôteliers, bouchers, pâtissiers, garages automobiles, bars et restaurants, stations services…Car outre les chasseurs de la Gironde et du Médoc, d'autres chasseurs venaient de loin pour pratiquer cette chasse spécifique : des départements limitrophes, mais aussi de bien plus loin, car cette pratique cynégétique été très réputée. Certains des chasseurs « étrangers » étaient accompagnées de leurs épouses, et ces dernières ont ainsi découvert la beauté sauvage de nos plages atlantiques et y revenaient l'été en famille. Cette chasse à la tourterelle était donc ainsi un réel poumon économique pour cette contrée enclavée du Médoc.

A cette époque mon grand-père louait pour le mois de mai un pré qui était situé côté droit de la route conduisant au Verdon, juste en face du petit chemin que l'on prend sur main gauche et qui mène à la fameuse plage des "Cantines". A gauche de cette route il y a la forêt de la Pointe de Grave avec ses hauts postes de chasse, "les pylônes", composés de deux ou trois plateformes intermédiaires reliées par des échelles pour accéder à la dernière plateforme située à la cime des pins. Ces postes de chasse faisaient jusqu'à près de 30 mètres de haut pour les plus grands, et il fallait faire très attention en montant avec le barda et le fusil. Une fois en haut, et la trappe enfin fermée sur le plancher, encore un peu essoufflé à la fois par l'effort de l'ascension, la concentration dans la pose des mains et des pieds sur les barreaux des échelles et l'appréhension inévitable du vide, vous pouviez contempler un spectacle magnifique : vous naviguiez au milieu de la verte mer des têtes de pins ondulantes sous le vent, la brise vous caressant le visage. Tout autour de vous était en mouvement : la course des nuages effilochant le ciel, les cimes des arbres se mouvant au doux rythme des vents, et au loin, très loin, selon le pylône que vous occupiez, vous pouviez apercevoir l'océan scintillant et la ligne d'horizon noyée par les premières lueurs de l'aube. Les fusils restaient dans les fourreaux tandis que nous reprenions notre souffle, mais nous restions bouche bée devant ce spectacle magnifique, les yeux accrochés par cette nature sauvage vue depuis la cime des pins. Dans le jour naissant, les oiseaux de différentes espèces pressés dans leur migration vous déboulaient à toute vitesse en plein sur le poste, quelquefois à moins de deux mètres du visage. Vous reconnaissiez à leurs cris respectifs les petits passereaux, mais surtout les vols serrés et nerveux des martinets surfant les têtes de pins de leurs cris stridents, souvent semblant faire la course avec les non moins acrobatiques hirondelles se jouant des vents dominants dans le ciel bleu azur. Au loin l'océan scintillant à la lumière des premiers rayons du soleil levant vous faisait plisser les yeux. Quel spectacle ! Quelle incroyable sensation de liberté ! Ainsi jugés sur nos postes, j'ai toujours réalisé à quel point nous étions privilégiés de pouvoir admirer la nature de cet endroit insolite et quelque fois dangereux. En effet autant certains pylônes étaient d'une construction robuste, en bois ou fer épais, aux larges pieds ancrés dans le sol et à la structure maintenus par des câbles tendus aux arbres alentours, autant certains autres postes avaient été construits de bric et de broc, avec des matériaux disparates ou de récupération et avaient une furieuse et inquiétante tendance à se balancer au gré du vent au rythme des têtes de pins, louvoyant ainsi de concert avec la forêt ! Mon grand-père qui venait chasser la tourterelle à la Pointe de Grave depuis l'immédiat après-guerre connaissait bien tous les postes, en avait essayé beaucoup, savait en fonction du vent quel poste était le mieux placé pour le passage des oiseaux migrateurs, mais il s'interdisait et m'interdisait de monter à certains qu'il jugeait bien trop dangereux, les laissant aux casses-cou ou aux intrépides inconscients atteints de la "fièvre de la chasse". La chasse à la tourterelle au mois de mai était donc une chasse traditionnelle, une chasse "de retour" très ancrée dans les us et coutumes de chez nous. Le Médoc était alors la terre de prédilection de cette chasse spécifique, de cette chasse appelée donc "de retour" car les tourterelles étaient prélevées sur leur trajet de retour remontant vers le nord. Les chasseurs venaient nombreux générant ainsi comme je l'ai dit une riche économie locale comme durant la période estivale. Ils venaient pour certains de très loin, certes pour chasser, mais aussi pour profiter de ces belles matinées de printemps pour partager la célèbre entrecôte cuite au feu des sarments du Médoc, se poser à Soulac, ou faire des visites dans la région lorsque leurs épouses les accompagnaient ou les rejoignaient quelques jours.

Dès la fin des années 40's, Papé et ses copains partaient chasser la tourterelle à la Pointe de Grave : ils partaient tous en camion avec le

Citroën U23 ailes plates de 1947 que Papé utilisait pour l'exploitation agricole. Ils l'appelaient le "camion bâché". En effet comme ils partaient pour plusieurs jours, ils bâchaient le camion et mettaient des ballots de foin dans la benne car cette bande de joyeux lurons n'ayant pas les moyens de se payer l'hôtel ou même une pension de famille se partageaient le couchage entre la benne du camion et les blockhaus de la forêt, blockhaus encore intacts et habitables en cet immédiat après guerre. En effet à l'époque on pouvait chasser la tourterelle à pied dans les clairières de la forêt ou en bordure des dunes, et au sortir de l'Occupation, les blockhaus nombreux à la Pointe du Médoc et pour certains encore intacts et pourvus de leurs lits en fer offraient un gîte et un abri sûr et relativement confortable pour la nuit. De plus seuls les gens qui avaient les moyens financiers étaient propriétaires de pylônes, et certains de ces postes de chasse s'arrachaient à la location au mois de mai à prix d'or. Mon grand-père et ses amis ne roulaient pas sur l'or justement, mais ils profitaient autrement de cette liberté retrouvée d'après guerre : il y avait largement de la place pour tout le monde ! Oui ils partaient pour quelques jours à la chasse à la tourterelle, mais surtout ce pèlerinage annuel était prétexte à se retrouver et passer du bon temps entre copains, profiter d'une parenthèse conviviale dans un quotidien fait de travail acharné et de labeur par tous les temps, sans vacances, et avec le seul dimanche pour repos.

Chacun amenait sa part de victuailles, vin, cartouches et équipement, puis tout était partagé au sein du groupe d'amis. Mon grand-père amenait, entre autres, "le gâteau d'Yvette", un dessert à base de crème pâtissière entre les trois ou quatre couches de génoise et au dessus un glaçage au chocolat noir aromatisé au rhum brun Négrita. Cette vieille recette venait de ma grand-mère paternelle, Yvette. "Le gâteau d'Yvette" a toujours été un incontournable de nos repas de famille dominicaux chez mes grands-parents maternels, je l'ai toujours connu, et heureusement ma mère a récupéré la recette après le décès des grands-mères !

Que d'anecdotes et de souvenirs ces hommes ont ramené de cette époque ! Anecdotes racontées toujours avec le même plaisir, la même ferveur et le rire dans la voix...et sûrement aussi avec nostalgie au fur et à mesure que les années passaient, que cette chasse a été progressivement limitée, encadrée puis finalement interdite par des textes européens méprisant nos particularismes régionaux et portés par des ayatollahs indifférents des tranches entières de vie qu'ils ont condamné sans même avoir pris la peine et le temps d'essayer de comprendre.

Parmi les principaux protagonistes du groupe d'amis qui entourait mon grand-père Henri, il y avait d'abord "Toto" en fait Robert Dubourg un ami de toujours, conducteur de tramway et fumeur de Gitanes maïs, ces cigarettes au papier jaune et à l'odeur caractéristique. Tout le monde l'appelait "Toto" y compris les membres de sa famille. C'était un homme charmant, sportif amateur de bicyclette, et d'une grande gentillesse. Toto n'était pas chasseur du tout, c'était en fait le cuisinier attitré du groupe : ses potes avaient inscrit à la peinture sur le mur d'un blockhaus " Toto le roi des cuistots". Bien des années plus tard, les hasards de la vie ont voulu que Toto soit le grand-père de mon ami d'enfance Philippe, et lorsque nous étions gamins, ils nous amenait tous les deux faire de longues randonnées en vélo. Toto a toujours fait partie de la famille aussi loin que je me souvienne. Mon plus lointain souvenir est qu'avec mon oncle Alain, ils nous avaient amené tous les deux Philippe et moi à un spectacle de cirque à Bordeaux. Je me revois toujours sur la route du retour de cette soirée, de nuit, pas assez grand sur la banquette arrière de la voiture et essayant de me tenir au siège passager en position mi-debout tentant vainement d'apercevoir la route éclairée par la jaune lueur des phares.

J'ai toujours connu Toto avec son rituel immuable : tous les matins il allait chercher d'un pas tranquille au bureau de tabac chez "Tintin" le journal "L'équipe". Il nous racontait de temps en temps ses épopées à la chasse à la tourterelle, et disait en rigolant de sa voix haute perchée :

-"C'était moi Toto le roi des cuistots !"

Et il rajoutait souvent en me regardant, les yeux rieurs avec de la nostalgie dans la voix :

-"On en a fait, tu sais, avec ton grand-père !"

Puis dans le groupe il y avait Gilbert bien sûr, mon arrière grand-oncle paternel, chasseur devant l'éternel, toujours prêt à faire des farces. C'est ainsi qu'un soir à la tombée de la nuit, en montrant les premières chauve-souris sortant de la forêt et partant en chasse aux insectes, il avait fait croire à un chasseur "de la ville" et sa femme venant flâner en bord de plage qu'il y avait un beau passage de bécasses. Il avait étayé sa plaisanterie en tirant deux cartouches faisant mine de louper les bécasses-chauves-souris et en rajoutant précipitamment à l'attention du couple :
- "Vite vite dépêchez-vous d'aller chercher le fusil !"
Le type était parti en courant en invectivant sa femme :
-"Tu vois je t'avais bien dis qu'il fallait que je le prenne le fusil !"
L'hilarité était à son comble autour du feu de camp !

Ensuite il y avait Charlot Chambon grand copain de Papé et aussi chasseur d'alouettes aux pantes. Tout le monde l'appelait "Charlot" mais je pense que son vrai prénom était

Charles. Un sacré numéro lui aussi : un jour il avait trouvé un casque allemand dans un des nombreux blockhaus intacts de la Pointe-de-Grave, et ni une ni deux, il s'en était coiffé et était sorti de l'abri bétonné son fusil de chasse à la main vociférant des "Achtung ! "Achtung !" effrayant ainsi les membres du groupe de copains. Mon grand-père et ses potes avaient sursauté en entendant des invectives en allemand faisant ressurgir pour quelques secondes cette peur née de l'Occupation encore très récente dans les esprits. Puis réalisant que c'était Charlot sous le casque boche, il avait rétorqué blanc comme un linge :
- « Mais t'es pas con, non ? »
L'histoire ne dit pas ce qu'est devenu ce casque allemand : il a très certainement était abandonné sur place avec les autres objets et matériels allemands encore présents à l'époque dans les blockhaus ou éparpillés dans la forêt de la Pointe-de-Grave après les combats de la poche du Médoc qui se sont terminés en avril 1945. Traces et éléments historiques dont personne ne touchait car représentants une sombre période que tous voulaient oublier, et vestiges de souvenirs bien trop douloureux et

surtout bien trop récents. De plus à part les chasseurs et les cueilleurs de champignons – qui souvent étaient les mêmes personnages -, quasi personne ne fréquentait dans l'immédiat après-guerre notre littoral et ses forêts. Les blockhaus encore équipés ne suscitaient aucun attrait : on était bien loin alors de l'énorme intérêt des collectionneurs de militariat d'aujourd'hui.

Je ne connais pas les autres membres qui composaient le groupe d'amis de mon grand-père, et d'une année sur l'autre, leur nombre fluctuait et gravitait autour du "noyau dur". Cependant Papé nous racontait que chaque année, le petit groupe avait la visite d'un monsieur fort honorable, gravitant dans des sphères qui n'étaient pas du quotidien de ces hommes de la terre et ouvriers : c'était le fondé de pouvoir d'une grosse banque d'affaire qui prenait tous les ans des jours de congés au mois de mai pour venir chasser la tourterelle. Cet homme bien plus âgé que la moyenne du groupe de camarades avait rencontré mon grand-père et la fine équipe complètement par hasard, et s'était pris rapidement d'une amitié non feinte pour mon jeune grand-père et ses copains. Il retrouvait tous les ans la petite troupe et venait partager leurs repas en amenant de très bonnes bouteilles de vin. Il adorait ces repas simples et conviviaux, et animés autour du feu de camp. Il vouait un profond respect au "gâteau d'Yvette" la pâtisserie nappée de chocolat que faisait ma grand-mère. Aux dires de mon grand-père c'était un homme d'un abord facile qui ne faisait pas étalage de son intelligence, et dont la culture et la position sociale ne faisaient pas obstacle au partage de leur passion commune. Certainement il avait besoin de ces rendez-vous annuels pour couper et oublier ses lourdes responsabilités professionnelles, ou peut-être un quotidien trop emprunté. C'était un homme bien plus âgé que mon grand-père et ses copains qui avaient tous moins de trente ans, et naturellement, en toute simplicité et affection, lorsqu'il s'adressait à eux il disait "mes enfants" :

- " Bon mes enfants, pour demain, les vents sont-ils bons pour le passage ?"

- " Ah nous sommes bien ici, hein les enfants !"

Tous les membres du groupe lui vouait aussi une profonde affection doublée d'un respect non dissimulé, et en retour l'appelait en rigolant "papa", si bien qu'au fil des années sa réelle identité a progressivement été oubliée : ils ne parlaient que de "papa".

Lorsque mon grand-père nous racontait les anecdotes liées de cette période, il ne manquait jamais d'évoquer avec joie et amusement ce personnage :

-"Je ne sais même plus comment il s'appelait, à force de l'appeler "papa !"

Mes premiers souvenirs de chasse remontent donc à mai 1973 : j'avais sept ans lorsque mon grand-père m'amena pour la première fois à la chasse à la tourterelle. C'était à la Pointe-de-Grave, à l'époque il avait donc loué le pré à droite du petit chemin qui mène aux Piscines, et il avait installé avec tout son groupe d'amis et ses gendres deux postes de chasse dans les haies de tamaris. Ah cette fameuse chasse du mois de mai ! Quelle ambiance ! Quel folklore !

J'ai le souvenir que sur le poste de chasse sur lequel j'étais avec mon grand-père, le pylône en bois d'une hauteur de 3 mètres environ qui était camouflé dans l'épaisse haie entourant le pré, je n'étais pas assez haut sur pattes pour apercevoir les champs au-delà du rebord de la paroi et pister les vols à l'approche. Avant d'apercevoir les oiseaux de passage progressant au-dessus des arbres et des prés, nous savions qu'un vol de tourterelles s'approchait lorsque nous entendions au loin les détonations qui se rapprochaient suivant le vol des oiseaux. Puis des yeux experts pouvaient apercevoir le vol sec et nerveux qui ondulait avec rapidité entre les haies et au ras de l'herbe des près. Les tourterelles semblaient se jouer des obstacles naturels et des plombs meurtriers, le vol continuait sa progression à toute allure glissant le long des haies. Je ne me souviens plus avec qui mon grand-père partageait le poste ce jour là, mais j'étais au milieu de trois chasseurs, sur la pointe des pieds essayant vainement de me rendre compte de ce qu'il se passait quelques centaines de mètres devant nous. Depuis ma plus tendre enfance j'avais entendus des histoires de chasses, il me tardait de vivre ces récits que racontaient les hommes joyeux assis autour de la table, ou lorsque mon grand-père et mon père nettoyaient leurs fusils, et aujourd'hui, la première fois de ma vie que j'étais avec eux, je ne pouvais rien voir ! Oui mon premier souvenir de chasse c'est beaucoup de joie mais aussi un peu de frustration !

Tout à coup mon grand-père s'exclama :

- "Attention là elles arrivent !"

En même temps que les hommes empoignèrent leurs fusils en s'accroupissant légèrement pour se cacher derrière les planches camouflées du poste, il me posa sa main sur la tête et appuyant doucement sans me regarder, suivant toujours le vol du regard, il m'ordonna dans un souffle :

- "Baisse toi, ne bouge pas !"

J'étais à peine accroupi au fond du poste contre le banc que les hommes se levèrent précipitamment et tirèrent sur le vol à portée au débouché de la haie. Je me revois toujours à genoux aux pieds de ces gaillards fusils à l'épaule au milieu du bruit formidable des détonations et des cartouches retombant et rebondissant sur les planches de bois et le plancher du poste de chasse.

Je me relevais comme un ressort au milieu de

la légère fumée qui s'échappait des canons des fusils saisi par cette odeur de poudre tandis que les hommes les bras tendus vers le milieu du pré confirmaient entre eux les endroits où étaient tombés les volatiles. Mon grand-père enthousiaste s'exclama à mon attention :

- "Allez descend les chercher ! On te guide !"

Il me dirigea avec précaution vers l'échelle, cramponna d'une poigne solide ma petite épaule le temps que mes pieds trouvent les premiers barreaux de l'échelle, et je descendis doucement jusqu'à l'herbe du pré. Je n'ai pas le souvenir de la recherche de la tourterelle, et des voix des adultes qui m'ont guidé, mais je ne souviens qu'un peu intimidé par le premier gibier mort que je ramassais, je pris l'oiseau par le bout de l'aile pour le ramener au poste. Je me revois toujours revenant vers le pylône, le bras à l'horizontale, tenant la tourterelle déployée dont l'autre extrémité de l'aile effleurait l'herbe du pré. Cette image est gravée dans ma mémoire : c'est mon premier souvenir de chasse.

Arrivé au pied du poste mon grand-père tout fier s'exclama :

- "C'est bien Kikié ! Pose la au pied de

l'échelle et va chercher l'autre !
C'est ainsi que débuta ma carrière de chien de chasse !

J'allais alors pour les années suivantes accompagner les hommes à la chasse car je m'étais pris de passion pour la migration. Mon grand-père, mon père et tout le groupe m'amenaient avec eux.
La saison débutait le premier septembre, avant l'ouverture officielle de la chasse, en bordure des dunes et des forêts de Lacanau-Océan ou du Porge : nous disions que nous allions chasser « à la côte ». Il était autorisé de chasser la tourterelle sauvage de huit heure le matin jusqu'à dix heures à poste fixe, c'est à dire que nous matérialisions avec des branches de brande, de genets et de pins, un poste de chasse qui nous camouflait des oiseaux. Les étendues immenses, l'été pas encore terminé, faisait de cette chasse particulière un moment privilégié pour l'observation de la migration qui débutait en général vers le milieu du mois d'août avec les limicoles, autres canards et nombreux « petits ». Mon grand-père le visage levé vers le ciel identifiait au vol et à leurs cris

les différentes espèces de petits passereaux :
- « Là regarde...des tits !
Disait-il en tendant le doigt vers un vol piaillant et désordonné.
Nous reconnaissions les mésanges à leur longues queues, les chardonnerets à leurs cris particuliers...les jours de passage c'était des milliers d'oiseaux qui rasaient les dunes.
Tout à coup nous aperçûmes au loin un vol d'une dizaine de tourterelles sauvages. Vol rapide, nerveux, les tourterelles s'approchaient rapidement épousant les formes des dunes, sautant les petits pins décharnés de leur vol typique basculant à droite et à gauche à chaque battement d'ailes.
- « Là devant…! »
Papé empoigna son fusil tandis que je me baissais lentement pour me cacher derrière la brande tout en observant le vol un instant caché par une petite dune. Le vol obliqua vers la forêt, plongea dans une dépression de terrain et ressurgit, rapide, au sommet d'une touffe de genets et reprit sa direction initiale droit sur notre abri. Papé suivait des yeux l'évolution du vol qui semblait encore accélérer au-dessus des oyats. Que c'était beau ! J'étais hypnotisé

par ces oiseaux rapides et élégants au vol agile. Ils approchaient et maintenant j'étais certain qu'ils ne pourraient dévier leur course ne nous ayant pas repéré. D'un seul coup Papé se redressa pour épauler, je vis son torse pivoter suivre la direction du vol, et tira. Aussitôt un oiseau plia les ailes, décrocha et glissa vers nous percutant le sol dans un pied de brande. Dans un même mouvement le vol entier plongea vers le sable et les herbes sèches de la lède tout en amorçant un virage serré à droite vers la dune, rasa quelques touffes d'oyats et remonta vers le ciel dans des mouvements désordonnés vers la gauche et les petits pins décharnés. Papé abaissa son fusil les yeux toujours fixés sur le vol maintenant et en un instant hors de portée.

- « Trop tard ! Trop rapide ! Je n'ai pas pu les suivre, elles m'ont volé le coup de fusil » dit-il dans un sourire.

Je m'élançais déjà chercher l'oiseau tombé. Il était là, encastré dans la brande par la vitesse de sa chute. Je pris délicatement la tourterelle et la ramenais. Papé me regardait en souriant. Malgré mon tout jeune âge, il me faisait confiance, il savait que j'avais bien repéré l'endroit de la chute, c'est la raison pour laquelle il avait suivi le vol sans s'occuper du premier oiseau. Il caressa un instant la tourterelle sauvage avant de la mettre dans le sac à dos tyrolien de toile épaisse. Puis posant sa main sur ma casquette :

- « Allez ! On va déjeuner. Tu peux déballer »

Papé avait toujours l'habitude de déjeuner vers 09h00 le matin, même à la chasse. Moi aussi j'adorais déjeuner en pleine nature, rompant ainsi avec mon quotidien d'écolier, surtout dans les vignes de Couquèques où jusqu'aux gelées les plus fortes qui faisaient tomber les derniers raisins nous mangions avec le « fromage rouge » quelques grappes restées des vendanges. Par la suite ce même raisin pourrissait sur pied ou au sol mélangé aux feuilles mortes, et constituait la friandise préférée des grives, merles, tia-tias ou trides. Outre donc mes officielles fonctions de chien j'aimais bien installer le déjeuner : pain, fromage, pâté, le vin pour mon grand-père et une bouteille d'eau pour moi. Nous mangions tranquillement au soleil, observant la nature environnante, la course des nuages et identifiant les différentes espèces d'oiseaux les jours de passage. Nous étions souvent seuls, et dans cet immense territoire, s'il y avait d'autres chasseurs, ils étaient souvent hors de vue. De temps en temps, il nous arrivait d'apercevoir un surfeur traversant les dunes, sa planche sous le bras, disparaissant et surgissant au loin au gré des déclivités du sable comme jouant à cache-cache.

Mais la saison de chasse ne commençait vraiment qu'à partir de la mi-octobre avec le plein boum de la migration des passereaux. A cette époque nous chassions sur les dunes côtières du nord de Lacanau-Océan vers l'Alexandre. Mon grand-père quittait le bitume de la route de Carcans pour prendre à sa gauche une piste de sable et d'enrobé en plus ou moins bon état qui nous amenait vers les dunes à travers les pins. Cette piste qui rejoignait l'ancienne piste allemande faite de plaques de ciment aboutissait sur une vaste zone dégagée quasi au pied des dunes de sable et des petits pins rabougris aux formes improbables. Dans la lueur du jour naissant nous descendions vite de voiture et debout à côté du véhicule, les yeux levés vers le ciel nous écoutions dans l'aube. Les trilles des alouettes et les piaillements des petits invisibles perçaient l'obscurité et nous devinions sans les voir les vols que nous passaient sur la tête. Les « tziiit » caractéristiques des grives musiciennes que nous appelions les « franches » résonnaient un peu partout. Nous devinions dans tous les sons et appels que faisaient les différentes espèces d'oiseaux le passage de la nuit qui se poursuivait. Les hommes se préparaient, échangeaient quelques mots en mettant leurs vestes de chasse, empoignaient les housses des fusils, en sortaient leurs armes et ajustaient leurs colliers de sifflets autour du cou. Moi j'avais récupéré chez mes grands parents la veste du treillis militaire de mon père qu'il avait ramené avec d'autres effets de son service militaire. Je l'avais trouvée chez mes grands-parents avec son pantalon accroché sous d'autres vieux vêtements oubliés dans la pièce sombre derrière la cuisine. C'était une veste M47 en très bon état, au coton épais et à la couleur kaki à peine délavée. Bien que trop grande pour moi, je me l'étais appropriée avec fierté car outre le fait que j'adorais son look, j'étais fier de porter les fringues de l'armée de mon père. Et puis elle était très pratique avec ses quatre poches dont deux poches poitrines. Je retroussais simplement les manches sur mes poignets, je fermais les boutons en ajustant bien de col et la veste m'arrivait juste au-dessus du genou. Tout à leurs préparatifs les hommes me jetaient des coups d'œil amusés. J'étais donc prêt bien avant les adultes et j'attendais avec impatience que les hommes aient terminé de s'équiper, le nez en l'air et les yeux scrutant en vain l'obscurité pour essayer de voir les oiseaux. Il me tardait d'aller sur la lède, et effectivement quand après s'être éloignés de la voiture les chasseurs se séparèrent de quelques centaines de mètres, mon grand-père se dirigea vers les dunes. Le jour arrivait et dans la première clarté de l'aube nous apercevions les grives furtives et rapides qui filaient entre les genets, disparaissaient dans les têtes des petits pins dans leurs sifflements caractéristiques. Je portais mes sifflets aux lèvres et avançait derrière mon grand-père dans la coupe. Le jour se levait de plus en plus vite au fur et à mesure que nous gagnions les espaces dégagés et que nous avancions vers la mer, et tout à coup arrivés au sommet d'une petite dune, je fus happé par le spectacle magnifique de la migration. Le soleil levant éclairait de ses premiers rayons les dunes océanes frangées d'oyats qui émergeaient de la forêt, elle toujours dans la pale obscurité de la fin de nuit. Au pied de ces dunes, des pins rabougris et tordus à moitié ensevelis dans le sable faisaient penser à quelques civilisations disparues englouties. La fin de la forêt et le début des dunes de sable ressemble à une zone de fin de monde et de commencement d'un autre. Et là, subjugué, je regardais le défilé ininterrompu de milliers d'oiseaux filant vers le sud : les vols désordonnés de linots, tits, chardonnerets, verdiers, bouvreuils... se suivaient braillant au-dessus des dunes, les bergeronnettes plus hautes semblaient suspendues dans le gris bleu du ciel, les vols d'alouettes rasaient les oyats et leurs tirelis mélodieux résonnaient contre le flan des dunes ébouriffées. Quel spectacle ! Quel déballage ! Pressée par une horloge immuable et favorisée par les vents d'est, une foule innombrable de passereaux impatients filait vers les lointaines contrées du sud. Certaines espèces volent de manière plus ou moins rectiligne, d'autres au contraire semble monter et descendre comme jouant avec les vents, d'autres encore planent deux ou trois secondes entre les battements d'ailes quasi invisibles…

Mon grand-père lui aussi regardait ce spectacle grandiose. Il était heureux :

- « Regarde moi ça Kikié ! Il y en a des milliers !

Oui il y en avait des milliers. Mais que le lecteur ne se trompe pas, ce n'était pas à chaque sortie que nous tombions sur de telles journées de passage. Nous avons souvent fait la route en vain pour trouver à l'arrivée un ciel vide ou pluvieux, des vents d'ouest, ou pire le brouillard qui stoppe toute la migration des petits passereaux. Notre chasse au migrateur est une chasse aléatoire qui dépend de la météo, des vents et des oiseaux. Le chasseur de grives et d'alouettes n'a aucune action dans le déroulé de la chasse : il dépend entièrement des éléments, de la nature, et quand il part de chez lui très tôt le matin, il n'est jamais assuré de voir du gibier en arrivant. Les chasseurs de grives et d'alouettes ne sont pas des viandards, la chasse aux oiseaux migrateurs n'est pas une chasse « de rapport », c'est une chasse entourée de mystères et d'espoirs liée à l'incertitude du passage et de la migration. Et puis ce n'est pas le tout qu'il y ai des oiseaux, encore faut-il viser juste ! Et là je peux assurer au lecteur qu'il y a des jours avec, et des jours sans ! Et quand bien même, le fait de ramener du gibier n'a jamais été chez nous une fin en soit, un but premier. Nous avions cette passion liée aux tripes, cette attirance pour les mystères de la migration, cette incertitude du départ : l'inconnue des jours de migration c'est ce qui nous faisait vibrer. Bien souvent mon grand-père disait :

- « Heureusement que l'on ne connaît pas à l'avance les jours de passage ! Et il faut que cela dure, sinon ce n'est plus de la chasse ! »

C'est pour cela que l'on surveillait les vents, l'évolution des températures dans le nord du pays, que l'on regardait quelle lune tombait fin octobre. Un premier quartier ? La nouvelle lune ? Mais même toute une vie de chasseur de migrateurs ne permet pas de tirer des conclusions fiables de l'analyse des vents ou des lunes. Nous avons vécu des matinées avec un ciel vide d'oiseaux, matinées qui se voulaient pourtant prometteuses car lendemain de premier quartier avec des vents de sud-est et un ciel clair. Et aussi des fois où nous avons fait la route sous la pluie, arrivés sous les nuages et un fort vent de sud-ouest, et contre toute attente, en fin de matinée, presque au moment de rentrer à la maison, un petit passage s'est lancé car les vents étaient passés au sud-sud-est augurant un changement de temps pour le lendemain...mais le lendemain matin s'était le lundi où tout le monde devait être au boulot et moi à l'école !

Et quelques fois c'était le contraire. Mon grand-père disait :

- « Tu vois depuis ce matin les vents suivent le soleil ! Ce n'est pas bon, le temps va à la merde. Mais bon, on va rester encore un peu, on ne sait jamais ! »

Oui cette chasse liée à la migration du petit gibier, aux passereaux est une chasse tout en humilité, faite de passion et d'espoir, et surtout d'un immense amour pour la nature et la liberté.

Mon grand-père résumait tout cela très simplement :

- « On ne saura jamais si c'est le bon jour ou pas. Si tu as décidé de partir, il faut que tu y ailles, et tu verras bien en arrivant...et même si tu trouves le brouillard ou la pluie, attend quand même voir si le temps se lève car tu ne sauras pas si le passage se déclenche ou pas. Le passage peut se déclencher en fonction des vents si le brouillard tombe ou si la pluie s'arrête...si ça veut rire ! ».

Oui nous sommes toujours partis plein d'espoir avec la fin de la nuit, nous avons souvent fait le trajet pour au terme de la matinée n'avoir pas aperçu la queue d'une grive ou d'une alouette, mais jamais nous n'avons fait le trajet « pour rien »: premièrement car le but n'est pas de ramener du gibier, et secondement car nous avons toujours été témoins des beautés de la nature : le spectacle des plages océanes désertes, de la mer verte, ou bleue, ou grise selon la luminosité et le temps, vagues frangées d'écume ou mer d'huile selon les vents, observation de passage d'hirondelles, de rapaces se laissant porter par les vents planant dans le ciel, chevreuil surpris entre les pins, lapins bondissant des ronciers et s'enfuyant sous le nez des chiens rappelés avec force par mon grand-père qui ne voulait pas que ses chiens « se mettent au lapin »... Oui il y avait toujours quelque chose à voir, à observer, quelque chose qui nous surprenait dans le magnifique spectacle de la nature et qui s'imprégnait indélébile sur l'écran de nos souvenirs.

Les jours de passage nous attendions aussi impatiemment les vols de palombes. Cet oiseau roi du Sud-Ouest longeait à l'époque la côte en survolant de ses immenses voiliers les vertes forêts de pins. Les jours de vents sud-sud-est les vols rasaient les têtes de pins, surprenaient le chasseur et disparaissent aussi vite qu'ils avaient débouché dans les coupes ou traversé un pare feu.

Nous faisions des petits guets pour cacher nos formes humaines des oiseaux, et cela était facile avec les grives et les alouettes. Mais les palombes avaient une vue autrement plus perçante, elles étaient autrement plus méfiantes, et le vol pouvait facilement dévier, plonger, ou remonter s'il surprenait des mouvements, formes ou couleurs suspectes.

C'était une chasse particulière, une attente plus intense, une peur plus importante de voir les oiseaux passer brusquement hors de portée. Un autre élément qui rajoutait à l'intensité de cette chasse était que pour le tir des grives et alouettes nous utilisions du très petit plomb, mais les palombes, du fait de leur épais plumage et constitution robuste, nécessitaient l'utilisation de cartouches aux plombs bien plus gros : nous devions alors très discrètement, cachés par la végétation, changer de cartouches à la vue et l'arrivée des vols de palombes.

C'était immanquablement le même scénario : tout à coup l'un des chasseur ou même moi qui avait de très bons yeux s'écriait :

- « Palombes ! »

Au loin nous discernions le vol nerveux au dessus des pins. D'un coup d'œil mon grand-père avait jugé la vitesse des oiseaux et la distance à laquelle évoluaient ces beaux migrateurs. Aussitôt il appela le chien à ses pieds, se ramassa sur lui-même et se cacha un peu plus derrière le guet, mais lentement, sans mouvement brusque alors même que le vol était encore loin. Je m'agenouillais auprès du chien excité qui connaissait lui aussi parfaitement le scénario, et le maintenais caché en le tenant au collier. En effet même la vue d'un chien en goguette pouvait faire dévier le vol de palombes. En même temps, avec des gestes sûrs, Papé déchargeait son fusil sans quitter des yeux le vol de plus en plus distinct dans le ciel et qui cinglait vers le sud emporté par un instinct séculaire. On discernait maintenant chaque palombe. Rapidement le fusil était rechargé par les gestes experts de mon grand-père connaissant l'endroit précis de sa veste où étaient les cartouches de plomb n°4 ou n°5. Je me faisait aussi petit que possible surveillant comme lui l'avancée et la progression du vol à travers les branches de genets du guet. Mon cœur battait la chamade à la vue des oiseaux qui nous arrivaient en plein dessus.

- « Ne bouge pas » dit-il dans un souffle.

Je n'osais même plus respirer !

D'un seul coup il se redressa, épaula, et tira successivement les trois cartouches de son semi-automatique en accompagnant le vol. En même temps que je vis le premier oiseau touché comme s'il percutait un mur en plein vol, je fus incapable de retenir le chien qui bondit hors de l'abri. Je me redressais rapidement sur les traces du chien en suivant le vol des yeux. Une seconde palombe décrochée du ciel tombait étrangement lentement en tournant sur elle-même les ailes largement ouvertes. En une fraction de seconde le vol avait accéléré et plongé à une vitesse folle dans les têtes des hauts pins, puis disparu au loin rapidement hors de portée. Tout cela n'avait duré que quelques secondes mais j'avais repéré les lieux où avaient chuté les deux oiseaux. Je parti en courant sur mes petites jambes vers le second car le chien déjà ramenait le premier : il avait du mal dans sa petite gueule d'épagneul breton à caler le gros oiseau inerte, il progressait au milieu de la coupe remontant la légère dune enjambant branches mortes et petits taillis, sautant les touffes naissantes de brandes. Il arriva prés du poste portant avec fierté son trophée, se tortillant de plaisir devant mon grand-père, et excité lâcha sa proie à quelques mètres de l'abri jappant de joie. De mon côté j'arrivai à l'endroit de la chute du second volatile, et j'aperçus immédiatement du blanc duvet accroché aux genets. Mon regard glissa vers le sol, et l'oiseau était là au pied d'une souche, dans le bleu resplendissant de son plumage. Je n'avançai pas plus, et j'appelai Dick qui déboula à toute vitesse, sauta une petite souche et pivota soudain sur lui-même ayant senti l'effluve du gibier qu'il n'avait pas encore vu. Il marqua un semblant d'arrêt, tous ses sens en éveil, et tout à coup fonça sur la palombe qu'il venait d'apercevoir. Il la renifla bruyamment et essaya de la prendre dans sa gueule. Je m'approchai rapidement et tendant la main :

- « Apporte ! Apporte ! »

Il fit quelques pas la gueule encombrée par le bel oiseau et le déposa à mes pieds, des duvets blancs collés à ses babines. Un genou au sol je ramassais la palombe chaude, lissais son plumage et ses longues ailes bleues tandis que le chien me sautait autour enfouissant sa tête sous mon bras pour sentir de nouveau et renifler bruyamment le gibier. Tout en tenant la palombe contre ma poitrine, et toujours à genou, je caressais en lui parlant le chien sautillant. Nous remontâmes vers le poste où nous attendait mon grand-père tout souriant. Ses yeux clairs embrassaient son petit-fils accompagné du chien qui arrivaient au poste, je riais de bonheur, et le chien insouciant sautait autour de moi.

Lorsque vraiment le temps n'était pas au passage, les chasseurs revenaient à la voiture et partaient ensemble aux champignons, aux ceps, comme cela à l'aventure, au petit bonheur la chance à la recherche de placets au hasard des forêts. Nous revenions alors sans gibier mais quelque fois avec des ceps pour agrémenter une omelette ou accompagner la dégustation des oiseaux de la veille ou l'avant-veille. Qu'est ce que j'aimais cette vie dans la nature qui nous offrait nos repas ! Combien j'ai pu être heureux trottant derrière mon grand-père avec mon père et mes oncles ! Plus petit qu'eux je me faufilait plus facilement sous les fougères ou l'enchevêtrement des jeunes chênes, et j'avais à cœur d'explorer avant eux les endroits protégés de la stature des hommes adultes par une dense végétation souvent épineuse. Je m'étais ainsi glissé une fois sous les « jogues » aux longues épines et ma progression à genoux m'avait fait déboucher sur un petit parterre d'herbes hautes sous de vieux chênes. Et là je découvrais une dizaine de hauts ceps aux pieds volumineux qui dominaient les touffes d'herbes humides de leurs lourds chapeaux. Je restais à genoux devant ma trouvaille. J'appelais aussitôt mon grand-père qui me rejoignit à grand bruit se frayant un passage dans les branches et broussailles qui frottaient et glissaient sur son ciré vert tout trempé. Il aperçu le placet, et les yeux tous ronds et s'exclama en chuchotant et en riant avec joie :

- Oh Kikié ! Oh Kikié !

Nous chassions donc à la côte jusqu'environ la mi novembre, période à laquelle le passage sur les dunes et les petits pins se terminait plus ou moins. La grosse période pour les dunes côtières et les forêts de pins était donc passée, mais le passage se poursuivait tout l'hiver plus à l'intérieur des terres où les oiseaux pouvaient trouver de la nourriture sur leur trajet vers le sud, notamment chez nous en Gironde dans les terres labourées et les vignes où les migrateurs pouvaient se nourrir de raisins non récoltés. A l'époque le système des quotas et une certaine surproduction faisaient que des parcelles

entières de vignes n'étaient pas vendangées :
la péninsule du Médoc déjà lieu béni pour la
migration se transformait en plus en une
immense réserve de nourriture. Les vols de
grives et de tia-tias plongeaient dans les vignes
et y trouvaient gîte et couvert. Donc de la mi
novembre et jusqu'à la fin du mois de janvier
nous allions donc chasser dans le Médoc, dans
les vignes, bois et marais de Couquèques.

Couquèques est une commune très étendue et
à l'époque c'était un petit village de quelques
âmes perdu au milieu des vignes, bois et
marais. Comme beaucoup de communes de
cette région du Médoc jusqu'à la Pointe de
Grave, elle était bénite des chasseurs de
migrateurs. Cette chasse est ancrée dans les
gênes des autochtones qui chassent depuis
plusieurs générations toute une faune
migratoire ailée : alouettes aux pantes, canards
à la tonne, grives au cul levé dans les vignes,
sauvagine dans les marais, bécasses aux bois,
tourterelles des bois dans les prés des bords de
Garonne....

Couquèques tient une place à part pour moi car
j'y ai grandi en tant que chasseur, j'y ai fait en
grande partie mon éducation de chasseur de

migrateurs, et j'y ai chassé durant plus de quarante ans. Par ailleurs ce coin de Médoc recelait pour moi enfant une part de mystère, d'inconnu et d'aventure car mon père ne voulait pas que j'y accompagne les chasseurs l'hiver au motif qu'ils chassaient dans les marais et que c'était dangereux pour moi encore trop petit. J'étais vraiment jeune, et c'est vrai que le niveau d'eau dans les barrails aurait largement dépassé la hauteur de mes bottes d'enfant. Je retirais de la sage décision de mon père une grande frustration car j'accompagnais déjà les hommes à la chasse à la côte dans les dunes et forêts littorales en septembre et octobre, et je me refusais à comprendre pourquoi je ne pouvais aller à Couquèques l'hiver avec eux.

J'avais donc à peine une dizaine d'années quand j'ai commencé à aller à Couquèques, mon père ayant peu à peu cédé devant mon insistance. Je pouvais enfin accompagner mon grand-père et les chasseurs de ma famille. J'ai découvert un territoire giboyeux et varié fait de vignes, de bois et de marais où nous chassions grives, bécassines, vanneaux ou pluviers de novembre à février.

C'est à Couquèques que j'ai progressé dans mon rôle de récupérer avec les chiens les oiseaux tombés dans les rangs de vignes, que j'ai appris, en prenant un point de repère, à bien repérer l'endroit où le gibier en tombant s'était figé dans un bouchon de ronces ou une touffe d'herbe dans un barrail. J'y ai peaufiné tout jeune l'apprentissage des sifflets ronds à grives et celui en bois des vanneaux. Je ramageais le gibier pour les chasseurs, courrais avec les chiens et je ressentais une joie infinie quand le compagnon à quatre pattes arrivait avec la pièce de gibier dans la gueule. Je me mettais aussitôt à genoux sur le sol gelé je tendais les mains et disant :

- « Apporte...apporte »

Le chien arrivait alors tout frétillant, et déposait la grive dans ma petite main. Il me faisait la fête, secouait la tête lorsqu'une plume légère restait accrochée à ses babines, et je le caressai en riant, heureux comme lui de notre complicité.

Les moments que je vivais étaient pour moi incroyables. Des moments de chasse certes, de découverte de la nature et d'immense liberté, mais ce qui m'attirait aussi surtout était la forte amitié et la grande connivence qu'il existait entre mon grand-père et son ami Jeannot. Ces deux-là s'entendait comme larrons en foire, se comprenaient et s'appréciaient, et plaisantaient la plupart du temps où ils étaient ensemble. Il transpirait une telle complicité entre eux qu'il était bon d'être en leur compagnie. Je me sentais tellement bien avec eux, tellement en sécurité et tellement serein. Ces deux bonhommes généraient du bien-être, égrenaient plaisanteries, blagues avec des discussions sérieuses, commentaient l'actualité, parlaient politique et racontaient souvent leurs souvenirs communs :

- « Tu te souviens quand....»

Un moment que j'adorais aussi était lorsque nous faisions le trajet aller jusqu'à Couquèques. Mon grand-père passait nous chercher chez mes parents. Moi j'étais debout très tôt déjà, après un rapide petit déjeuner, je m'habillais du vieux treillis militaire de mon père. Ce treillis était trop grand pour moi mais il avait été repris à ma demande par ma grand-mère paternelle qui avait notamment ajusté le pantalon à ma taille par l'ajout d'un élastique et de miracles de couturière. J'aimais beaucoup ce pantalon aux larges poches où je pouvais y glisser les grives ramassées. Je sortais ensuite dans la nuit le nez en l'air regardant les étoiles et écoutant les bruits dans l'obscurité, et je me dirigeais au bout de l'allée. J'aimais y rester seul dans le noir au milieu du village endormi essayant de surprendre les sifflements des grives, de deviner la migration. Je repérai de temps en temps les tssssiiii des oiseaux, espoirs d'une belle matinée de passage. Au bout de quelques minutes un lointain bruit de pas sur l'allée me faisait me retourner. J'apercevais alors dans le noir le bout incandescent et dansant de la cigarette de mon oncle Jo qui me rejoignais car il habitait la maison juste à côté de celle de mes parents. Il arrivait vers moi en souriant, le fusil dans son étui la sangle passée à l'épaule et ses bottes dans une poche qu'il tenait de sa main libre, l'autre agrippée à sa clope dont la légère fumée se détachait pour disparaître dans la nuit.

- « Alors, tu en entends ? »
- « Oui, des franches et quelques espagnoles »
- « Ah c'est bon signe ! »

Puis tendant le doigt vers la nuit froide et

étoilée en posant ses affaires contre la clôture :

- « Oui j'en ai entendu une ! »

Tout à coup un bruit de moteur qui se rapprochait, puis un vague halo de phares et rapidement une lumière jaune qui dansait sur les murs et façades des maisons aux volets clos créant d'étranges ombres chinoises mouvantes. Mon grand-père arrivait. Il se garait devant l'allée, descendait de la voiture moteur tournant :

- « Bonjour les enfants ! »

On s'embrassait avec tendresse, mon grand-père rasé de près dégageait une agréable odeur d'après rasage. Puis en même temps qu'il ouvrait le coffre arrière de la voiture :

- « Alors Kikié, tu en as entendu ? Moi oui, ça passe !

On grimpait alors rapidement dans l'auto et dans la douce chaleur de l'habitacle. Le chien Dick, un épagneul breton blanc et marron était couché aux pieds du passager. Mon oncle Jo en s'installant lui caressa la tête et le chien essaya de se lever car il m'avait vu monter à l'arrière. Je me penchais en avant entre les sièges de devant et le caressais aussi vigoureusement et riant tandis que mon grand-père démarrait.

Nous partions chercher Jeannot qui habitait pas très loin du stade. On arrivait chez lui en remontant la petite allée, et la lumière des phares éclairait ses affaires qu'il avait posées contre le mur de sa maison : fusil dans son étui zippé, bottes, carnier et sac de cartouches. Il sortait le sourire aux lèvres, éternel béret noir sur la tête, fermait les volets de bois, et prenait ses affaires. C'était un homme grand et costaud, aux mains impressionnantes, le genre *« quand les types de cent trente kilos disent certaines choses, les types de soixante kilos les écoutent ».*

Jeannot s'installait devant à côté de mon grand-père car sa carrure imposante ne le prédestinait pas aux places arrières ! Le chien entre ses larges pieds devait alors poser sa tête sur la cuisse de Jeannot, tête qui disparaissait vite entre les larges paluches de l'ami de toujours lorsqu'il caressait l'épagneul.

Le trajet d'une soixantaine de kilomètres passait très vite, d'une part parce que mon grand-père très bon conducteur « n'avait pas de crampes », d'autant plus que les limitations de vitesses n'étaient pas celles d'aujourd'hui, et d'autre part parce que lui-même et son ami rigolard échangeaient anecdotes, souvenirs et histoires en tous genres pour le plus grand plaisir de mon oncle et moi. J'adorais le récit de ces souvenirs, l'évocation d'un temps que je n'avait pas connu où se mêlaient joyeusement anecdotes de chasse et histoires de la vie quotidienne liées à leur jeunesse. La bonne ambiance était générale, les éclats de rire récurrents, et cette chaleur des cœurs baignait le mien d'un bonheur et d'un bien-être indescriptible. J'aurais voulu que ces moments-là soient sans fin, et il est certain qu'ils ont largement participé dès ma prime enfance à mon attrait et ma passion pour la chasse telle que la pratiquait mon grand-père, son groupe de copains et les hommes de la famille. Il est indéniable que je partais à la chasse pour être avec eux, que je voulais aller à Couquèques pour vivre de tels moments, que ces hommes-là ont influencé mon tempérament et quelque part, plus tard, à la lumière de mes moments passés avec eux, dicté certains de mes choix de vie d'adulte.

Un autre élément important de cette période était la liberté dont nous jouissions, que ce soit à la chasse, ou bien dans nos activités du quotidien. Nous pouvions emprunter les pistes en voiture pour se garer au milieu des vignes, ou remonter par celles de la forêt pour accéder aux coins à ceps et champignons, à Port-de-By ou Valeyrac les pécheur locaux nous vendaient avec plaisir aloses, ou lamproies, et on se garait n'importe où au bord des routes des petits villages ou devant les magasins et échoppes sans crainte des parcmètres. Il n'y avait pas de parking réservé, de zones interdites, ou de restrictions en tous genres...

A la chasse la délimitation des territoires était incertaine entre les communes : pas de panneaux, ou d'indications précises. Il n'y a rien de plus qui ressemble à une pièce de vignes qu'une autre pièce de vignes, à un arbre qu'un autre arbre...lorsque d'aventure un chasseur d'une commune voisine ou un garde chasse rencontré par hasard vous précisait que vous étiez à cent mètres du bon territoire, il vous indiquait juste le bon chemin après avoir échangé quelques mots avec vous. Dans de nombreux domaines de la vie quotidienne nous avions une tranquillité d'esprit qui n'existe plus aujourd'hui.

Ainsi j'ai profité de cette période quand jeune adolescent, mon grand-père me confiait son second fusil, un superposé, pour tirer quelques cartouches : je découvrais l'autonomie et la joie de ramener mes premières petites pièces de gibier. Je tirai exclusivement au vol, les grives au cul levé dans les rangs de vignes, et faisait mon apprentissage du tir et de la connaissance approfondie du gibier. J'ai appris à lire le vol des oiseaux, à anticiper les poses, à repérer les points de chute du gibier, et à doser le sifflet pour faire tomber les grives. Mon grand-père lorsqu'il arpentait les vignes avec moi avec moi me conseillait sur mes erreurs de tir :

- « Tu as fait derrière ! »

Ou bien en souriant :

- « Tu n'as pas bien épaulé, tu as tiré trop vite ! »

Un proverbe Indien affirme : « *La joie est l'essence du succès* ». Et bien oui j'étais heureux, très heureux même d'être avec ces hommes-là, ces hommes qui me faisaient partager leurs valeurs, leurs passions, ces hommes qui me prenaient sous leur aile dans une mission non écrite de formation et de transmission. Je ne vivais que pour cela : la chasse. Je ne pensais qu'à cela : la chasse, la migration, le passage des oiseaux. Pour moi l'année débutait avec les belles couleurs de l'automne et les premiers vols d'alouettes, et se terminait début mars en haut des postes de la Pointe de Grave. Ensuite un dernier vide pour vite arriver au mois de mai et à la chasse à la tourterelle sauvage et son folklore à Valeyrac. Et encore ensuite une longue attente jusqu'en septembre où nous « blanquions » enfin les fusils, et commentions le temps qui passait en regardant le ciel le nez en l'air et les yeux sur les premiers vols de petits. Jeannot passait souvent chez mon grand-père, il descendait de sa voiture le sourire aux lèvres, s'avançait de sa démarche tranquille et chaloupée en tendant sa main énorme pour serrer celle de mon grand-père, et disait immanquablement avec une belle lueur dans les yeux :

- « Ah vivement les grives ! »

Oui j'étais heureux avec eux, j'étais bien, rassuré, encadré aussi, et dans une confiance réciproque dans mon apprentissage de la chasse et de la vie. Mon grand-père me faisait confiance en me prêtant son superposé – tout comme il me faisait confiance lorsqu'il me mettait au volant du tracteur - alors que je n'étais qu'à peine adolescent à plusieurs années encore d'avoir l'âge de passer le permis de chasse. Il savait que je connaissais bien les armes que je démontais et nettoyais depuis longtemps, que je respectais scrupuleusement les règles de sécurité enseignées strictement dès l'enfance par les chasseurs qui m'entouraient. Et aussi que je savais très bien identifier le gibier, les espèces chassables. Il savait que je ne tirerai qu'à bon escient comme il me l'avait enseigné, avec le soucis ultime de ne pas perdre le gibier, et de retrouver systématiquement un oiseau tombé même si on y passe du temps. Il n'y a en effet pas de temps de perdu à la recherche de l'animal tiré, le respect du gibier doit primer. Arpentant alors les vignes l'œil aux aguets à la fois aux grives et à l'éventuel peu plausible garde chasse, je m'imaginais une fois que j'aurais mon permis en poche tous les parcours à travers les vignes et les endroits où je pourrai me poster librement dans ce territoire immense. Il me tardait de grandir, d'avancer dans l'âge pour participer à la chasse comme les hommes, et marcher presque d'égal à égal avec mon grand-père.

Quand j'ai obtenu mon permis de chasse à l'âge de 17 ans, et qu'enfin avec ma propre arme, le superposé Winchester 101 que j'avais choisi – la même arme que son second fusil que je connaissais par cœur - et que m'avait offert mon grand-père, j'arpentais les rangs de vigne, je savais très bien siffler et ramager les oiseaux, je connaissais parfaitement ce territoire de chasse, les moindres parcelles, les bouchons de ronces, les fossés des barrails et les différents modes de chasse inhérents à ces lieux spécifiques. J'étais prêt ! Une nouvelle vie de chasseur de migrateurs commençait pour moi !

Mon arrière grand-mère maternelle

315

Henriette

Elle s'appelait Henriette et était née le 18 octobre 1902 à Arès.

Oui elle était née en 1902, mère à 19 ans, grand-mère à 42 ans et arrière grand-mère à 64 ans.

Mon arrière grand-mère Henriette était un enfant de l'amour. Son père issu d'une famille aisée était tombé amoureux d'une femme issue elle d'un milieu très modeste, presque pauvre. Contre l'avis de ses parents cet homme avait quand même épousé la jeune femme. Ce mariage d'amour désapprouvé par la famille du père de mon arrière grand-mère avait eu pour conséquence que ce dernier avait été quasi déshérité par ses parents au profit de ses deux sœurs. Le jeune couple avait donc quitté la banlieue de Bordeaux et était parti vivre à Arès un tout petit village blotti presque à la pointe nord du bassin d'Arcachon où mon arrière grand-mère Henriette était née.

Les conditions de vie et de travail à Arès pour

le jeune couple étaient dures et difficiles.

Mamé Henriette racontait que sa mère était appelée avec mépris « la paysanne » par sa belle-famille. Ces remarques humiliantes et moqueuses sur sa mère l'avaient blessée à jamais, et depuis sa jeunesse l'avaient suivie toute sa vie, forgeant en elle une volonté farouche de se battre et de travailler pour améliorer son quotidien. Elle a toujours eu en elle une revanche à prendre, un besoin de laver ces affronts, paroles et regards de mépris qu'avait subi sa mère. Et sa revanche, elle l'a prise grâce à une vie de travail, et un esprit curieux et ouvert aux évolutions techniques de l'époque qui ont fortement changé le monde, notamment aussi le monde agricole. Une fois à la retraite et après le décès de son mari en 1966 dont elle s'est occupé jusqu'à la fin, elle a pu faire de nombreux voyages dans le monde. Elle partait en voyages organisés et a ainsi visité des pays lointains où il n'était pas banal à l'époque d'aller mettre les pieds, tels que les Philippines ou la Thaïlande. Lors d'une croisière de la Compagnie Paquet elle a été invitée à la table du commandant ! Elle gardait dans ses affaires une discrète photo d'elle en belle robe bleue à côté de l'homme en uniforme blanc.

Jeune adolescente, elle avait échappé de justesse à la mort suite à l'épidémie de grippe Espagnole qui avait fait des ravages dans l'Europe et le monde entier à la fin de la première guerre mondiale. Cette douloureuse expérience avait renforcé sa volonté sans faille d'avancer dans la vie, mais aussi avait fait naître en elle un profond respect pour la médecine et ses progrès, et plus généralement pour toutes les évolutions "modernes", qu'elles concernent les produits du quotidien ou bien les techniques permettant une amélioration des conditions de vie, ou de travail. Elle avait transmis à son fils unique, mon grand-père Henri, l'intérêt pour les idées novatrices et les techniques nouvelles qui allaient révolutionner ce siècle naissant : et il y en a eu beaucoup !

Elle avait passé le permis de conduire dans les années 30's, à une époque où les femmes représentaient une infime minorité des conducteurs, et faisait à ce titre figure de pionnière dans ce domaine. Après l'Occupation, une fois la guerre terminée, elle conduisait le camion Citroën U23 plateau à ridelles pour porter les légumes à vendre à Bordeaux au marché des Capucins. Je l'ai toujours connue conductrice : elle se déplaçait avec sa Simca 1000 pour se rendre à Bordeaux, ou au Taillan, souvent au cimetière fleurir la tombe de son époux décédé l'année de ma naissance.

J'ai réalisé très tôt la chance que j'avais de connaître mes arrières grands-mères : le partage de leur quotidien, leur tendresse, leur regard sur la vie, et surtout les histoires qu'elles racontaient. J'aimais les entendre parler de leur jeunesse, de leur vécu, de "la vie avant", des anecdotes sur les gens qu'elles avaient connus. Vous rendez-vous compte : cette génération est passée de la modeste maison au sol en terre battue du début du siècle précédent, à la télévision en couleur et aux premiers pas de l'homme sur la lune ! Aucune autre génération n'aura connu une telle évolution de ses conditions de vie matérielles.

Enfants mon cousin Laurent et moi avions du mal à prononcer son prénom : nous buttions

319

sur les syllabes du mot "Henriette". Aussi nous l'appelions "mamé Rillette" : ce titre lui restera à jamais et sera naturellement adopté par les petits enfants suivants.

Bien sur elle nous adorait et nous gâtait en nous faisant souvent de savoureuses merveilles. Ah les merveilles de mamé Rillette ! Elle s'installait sur la table de la cuisine pour préparer la pâte, et après que celle-ci eu reposé, elle l'étendait avec un vieux rouleau à pâtisserie en bois plein. De temps en temps elle lançait sur la pâte aplatie de légères pincées de farine pour éviter que cette dernière ne colle au rouleau. J'adorai chiper de petits morceaux de pâte enfarinés que j'engloutissais de plaisir. Tout à son activité mamé Rillette faisait semblant de me disputer, et me menaçait d'un mal au ventre à manger comme cela de la pâte crue. Puis elle prenait un couteau avec lequel elle découpait de longues lanières de pâte elles-mêmes ensuite coupées en longs rectangles. Pour la dernière étape de la cuisson, elle faisait chauffer de l'huile dans une poêle, une poêle noire avec une grande queue, et y déposait délicatement les rectangles de pâte : sous l'effet de la cuisson dans l'huile bouillante ces derniers se gondolaient un peu, se rétrécissaient et prenaient leur forme dans un grésillement odorant pour se transformer en merveilles. La dernière étape consistait à les sortir du bain d'huile au moyen d'une écumoire, et à les disposer dans un plan afin qu'elles refroidissent. Une fois froides, les merveilles étaient largement sucrées et empilées les une sur les autres dans l'attente de se faire dévorer par les gourmands. Les merveilles de mamé Rillette étaient légères, diablement bien aromatisées à la vanille et au rhum Négrita, et délicieuses. Ses merveilles n'étaient absolument pas grasses ou huileuses, et j'ai compris bien des années plus tard à l'âge adulte lorsque je me suis essayé à en faire, que le secret de fabrication résidait dans la bonne température de l'huile de cuisson : pas assez chaude et les merveilles sont grasses et imbibées d'huile car pas assez saisies, trop chaude et les merveilles cuisent trop vite, crament presque et sont cassantes. Notre arrière grand-mère maîtrisait parfaitement sa technique fruit d'années d'expérience, et je me souviens qu'elle utilisait toujours la même grande poêle noire. Durant des années les merveilles de mamé Rillette ont fait le bonheur de la tablée familiale réunie les dimanches d'anniversaires ou lors des repas célébrants les fêtes religieuses.

Pour le repas de Mardi Gras, mamé Rillette faisait les traditionnels beignets qui enchantaient aussi nos fins de repas de famille. Elle préparait la pâte dans une grande bassine en aluminium, et le moment le plus impressionnant était lorsqu'elle « fatiguait » la pâte. Ma grand-mère Raymonde tenait fermement les poignées de la bassine, tandis que mamé Rillette plongeait ses mains et avants-bras qui disparaissaient dans la pâte compacte. Elle se redressait alors, soulevait à bout de bras la masse jaune, et la laissait tomber bruyamment dans l'ustensile en la retournant. Elle répétait ces gestes longuement jusqu'à ce qu'enfin satisfaite, elle étendait un épais torchon propre sur la bassine pour protéger le résultat de tant d'efforts. Mais le moment le plus impressionnant était la cuisson des beignets. Elle prenait la pâte qu'elle façonnait au moyen de deux cuillères à soupe, puis posait délicatement la boule crue dans l'huile bouillante d'une haute casserole. Et là, la magie s'opérait : la pâte gonflait en cuisant et changeait lentement de couleur, le beignet naissant tournait sur lui-même au fur et à mesure qu'il prenait du volume, grossissait à vue d'œil devant nos bouches bées pour finalement flotter dans un crépitement merveilleusement odorant. Mon arrière grand-mère le sortait alors au moyen d'une longue écumoire, et le posait délicatement dans un plat au milieu de ses semblables. Au dessert, toute la tablée attendait les beignets avec impatience. Ils arrivaient énormes sous les acclamations dans les plats distribués sur la longue table. On posait à côté des bols remplis de sucre en poudre mélangé à du sucre vanillé, et imitant mon grand-père riant et heureux, chacun plongeait son beignet dans le sucre avant de dévorer l'énorme et délicieuse pâtisserie. J'étais à la fête, je me régalais, et c'était encore meilleur car, à genoux sur ma chaise, je pouvais, comme tout le monde, manger avec les doigts !

La porte de la chambre de mamé Rillette s'ouvrait dans la salle à manger de la maison maternelle, et il arrivait souvent que mes jeux d'enfant m'entraînent sur le pas de cette porte quasi toujours ouverte. Lorsqu'elle n'était pas dehors dans son jardin, ou dans son fauteuil de la salle à manger à lire ou regarder la télévision, elle rangeait des affaires, vêtements ou papiers dans ses armoires. Sa chambre était en effet partagée entre son lit et trois grandes armoires en bois, dont la première était encombrée de plusieurs gros livres tout de rouge et d'or reliés. C'étaient des vieux volumes épais, hauts et lourds qui attiraient mon regard d'enfant. En tendant mon doigt sur la tranche travaillée, je lui demandais si on pouvait les regarder. Toute souriante, elle prenait à deux mains le livre avec précaution, et on s'asseyait tous les deux sur le bord de son lit. D'où tenait-elle ces livres ? A qui avaient-ils appartenu ? La couverture épaisse s'ouvrait sur les gros caractères du titre, puis elle feuilletait les pages remplies d'écritures et d'illustrations dont certaines étaient en couleur. Ces livres étaient des récits de voyages dans des pays lointains, je ne pense pas que c'étaient de vrais témoignages, mais plutôt des fictions dont l'histoire se passait dans des pays exotiques ou colonies lointaines propices à l'imagination. Je ne savais pas encore lire, et Henriette ne me lisait pas les textes. Elle me décrivait les images et gravures, me commentait tel ou tel dessin, tournait les pages lentement parfois pensive. Mais je voyais qu'elle était heureuse de partager ces moments-là, et outre le bonheur que j'avais de feuilleter le livre avec elle, je me délectais de ses mots. Je pense que mon arrière grand-mère a participé, peut être sans le vouloir, à développer mon amour pour la lecture.

D'autres fois elle m'appelait depuis sa chambre :

- « Viens, on va dire une prière »

Il y avait un petit Christ crucifié sur sa croix accroché sur le mur à l'entrée de sa chambre. A la même pointe pendait attaché à une ficelle un menu bouquet de feuilles de laurier desséchées béni lors de la messe du dimanche des Rameaux. En regardant la croix au mur, sa main sur ma petite épaule, elle récitait lentement le Notre Père et je devais répéter chaque phrase de la prière. Bien trop jeune, je ne comprenais rien du sens des paroles, mais je comprenais très bien que c'était un moment important pour mamé Rillette, alors je m'appliquais à ne pas la décevoir. Au terme de la récitation, elle me posait un tendre baiser sur le front, et me renvoyait à mes jeux d'enfants.

Mamé Rillette avait une passion : les fleurs. Derrière la maison familiale elle avait un jardin entièrement et seulement consacré aux fleurs dans lequel elle passait beaucoup de temps. Elle qui avait passé toute sa vie « à faire la paysanne » comme elle disait, ne pouvait se résigner depuis sa retraite à ne plus « gratter la terre ». Son jardin n'était pas grand mais bien assez pour égayer de ses couleurs l'alentour de la maison et la table de la salle à manger via quelques bouquets de fleurs. Elle y passait beaucoup de temps à cercler, ratisser, semer, planter, tailler et couper de belles fleurs odorantes aux couleurs vives et magnifiques. Elle faisait de beaux bouquets que la plupart du temps elle portait régulièrement au cimetière sur les tombes de son défunt époux et de la famille. Je suis bien incapable de préciser au lecteur le nom de ces fleurs, mais à chaque saison des fleurs différentes sortaient de terre et faisaient son bonheur. Je la revois toujours avec son grand chapeau à larges bords, courbée sur les plantes bandes arrachant les mauvaises herbes d'une main et appuyée de l'autre au long manche de la raclette. Mon cousin Laurent et moi, et plus largement tous les garnements avions interdiction formelle de pénétrer dans le jardin faiblement clôturé et fermé par un portail fatigué en bois vermoulu et vieux grillage tout penché par le poids des années et des saisons ! Hors de question pour nous d'aller jouer au milieu des plates bandes ou de partir à la chasse aux papillons ou je ne sais quoi au milieu des fleurs !

Un jour je la vis se diriger vers son jardin avec des ronces à la main qu'elle venait de couper d'un taillis près de la jalle. Comme je lui demandais si elle voulait planter des ronces, elle éclata de rire et m'invita à l'accompagner au milieu de son jardin pour me faire voir quelque chose qui pourra me servir dit-elle. Intrigué mais tout content de pouvoir rentrer dans son jardin, je la rattrapai en courant et la suivi. Au sécateur elle retailla quatre ou cinq ronces pour en faire des branches d'environ vingt centimètres qu'elle enfonça au milieu des taupinières.

Elle m'expliqua :

- « tu vois si tu te piques le doigt avec une ronce et que ça saigne un peu, on te met un pansement et tu es guéri aussitôt. Mais les taupes sont hémophiles, cela vaut dire que si elles se coupent ou se piquent, elle vont perdre leur sang et mourir...et alors elle ne boufferont plus les racines de mes fleurs !».

Et ce disant, elle enfonça une nouvelle tige de ronce dans le monticule de terre frais de la taupe ravageuse !

Je ne peux pas parler de mon arrière grand-mère Henriette sans évoquer son frère aîné. Cet homme à la vie aventureuse digne d'un roman a eu une place prépondérante dans la vie et le cœur de mon arrière grand-mère.

Il s'appelait Jean Giraudeau et était né le 13 décembre 1886.

Aux dires de mon arrière grand-mère, son frère attiré par les uniformes et le métier des armes avait toujours émis le souhait d'entrer dans l'armée. La vie d'agriculteur à Arès, difficile et aléatoire, ne lui convenait pas semble-t-il. De plus il avait des envies de voyages. Même si un jour Henriette avait lâché que peut-être son frère s'était engagé dans l'armée pour éviter aussi d'être une charge pour ses parents, toujours est-il qu'à peine sorti de l'adolescence, il est parti pour s'engager et a rejoint les drapeaux. Il s'est ainsi retrouvé en 1905 à la caserne Gazan à Antibes, et est resté dans le sud de la France où en 1907 il a été intégré au 8° Régiment Colonial basé à la Seyne-sur-Mer. Il avait choisi la Coloniale car cet esprit aventureux souhaitait découvrir des contrées éloignées, et à l'époque, l'immense empire colonial français offrait de nombreuses possibilités de découvertes de contrées lointaines à ces jeunes gens curieux à l'esprit baroudeur...ou à d'autres peut-être moins naturellement aventuriers mais qui souhaitaient, pour certaines raisons, se faire oublier pendant quelques années.

Le 19 février 1908 Jean s'embarqua donc à Marseille sur le Cholon, un steamer à l'imposante cheminée affrété pour le transport des troupes coloniales à destination de l'Indochine. Il débarqua à Saïgon le 22 mars 1908 intégrant le 10° Régiment Colonial, et enfin arriva le 02 avril 1908 à Dap Cau à la caserne Ti-Cau, un immense et magnifique bâtiment blanc, son lieu de cantonnement et fut affecté à la 9° compagnie du 10° Régiment Colonial.

Dans cette Indochine Française du début du siècle constituée du Tonkin au nord, et de l'Annam au sud, cet homme a vécu des aventures incroyables. Il rayonnait avec ses hommes surtout dans le nord, sur les plateaux montagneux recouverts d'une dense végétation où leurs principales activités étaient l'exploration des régions inconnues, l'établissement de cartes topographiques et le maintien de l'ordre appelé « pacification », anachronisme singulier exprimant en fait une répression impitoyable de ceux qui étaient alors appelés « rebelles » et « pirates », et qui n'étaient autres que des autochtones désireux de s'affranchir du pouvoir colonial français.

Jean a échangé une dense correspondance avec sa famille de France, correspondance dans laquelle il racontait la vie qu'il menait là-bas, son quotidien et quelques aventures. Il a ainsi rapporté qu'un jour, ses hommes et lui avaient été faits prisonniers par une tribu vivant dans un territoire très éloigné. C'était la première fois que ces indigènes voyaient des hommes blancs. Ils avaient fait asseoir par terre les militaires, et prenaient des dispositions pour les tuer, lorsque Jean eu l'idée d'ordonner à ses hommes de parler entre eux haut et fort. Les indigènes eurent peur, et relâchèrent leurs prisonniers avant de disparaître.

Le frère de mon arrière grand-mère vécu dans cette Indochine du nord pendant quelques années et alimenta sa famille de récits liés à son quotidien dans ce pays du bout du monde. Il adressa de nombreuses cartes postales représentant des images de la vie d'Indochine, et leur fit parvenir des objets : étoffes de soie, pièces artisanales. Cet homme avait dans sa famille en France l'image honorable et aventureuse que l'on pouvait se faire à l'époque d'un militaire vivant aux Colonies.

Un jour il tomba gravement malade. Il s'avéra qu'il était atteint d'un abcès au foie, et cette pathologie grave ne pouvait se soigner en Indochine. Il fut donc rapatrié en France pour être opéré, mais comble de malchance, l'Europe était ravagée par la première guerre mondiale. Il fut soigné, mais au lieu d'être renvoyé dans les montagnes du Tonkin, il fut intégré au 267° Régiment d'Infanterie et envoyé au front. Il fut tué à Verdun avec le grade de sous-lieutenant le 24 mai 1916 dans les combats et bombardements apocalyptiques de la côte 304. Son corps ne fut jamais retrouvé, mais son nom est inscrit avec des milliers d'autres sur les parois de l'ossuaire de Douaumont. Après la guerre, l'armée rapatria sa cantine militaire avec ses affaires personnelles et ses uniformes de la Coloniale. Tout fut récupéré par mon arrière grand-mère Henriette et oublié pendant des années dans une de ses armoires. Mais le souvenir de ce frère qu'elle avait finalement plus connu au travers de ses courriers que physiquement restait à jamais ancrée dans son cœur. A son chagrin et à sa peine, s'ajoutait une part de mystère sur la réelle vie qu'avait eu cet homme dans les contreforts des montagnes de l'Indochine du nord, car elle savait que son frère avait laissé pas mal de choses personnelles Hanoï, et notamment il avait parlé d'or confié à un bijoutier de cette ville. Comment un militaire, même en voie de passer sous-officier pouvait être en possession d'or ?

Sa solde seule ne pouvait lui permettre.

Mon arrière grand-mère n'avait pas la possibilité d'avoir des réponses à ses interrogations légitimes, et elle est restée avec l'image d'un frère ayant eu un parcours certes aventurier, mais somme toute pas différent des autres militaires de notre empire colonial.

L'histoire aurait pu s'arrêter là.

Mais en 1968 cette histoire familiale prit un nouveau tournant. Cette année-là mon père eu une pleurésie qui le cloua longtemps à la maison. Comme il s'ennuyait ferme, un jour mon arrière grand-mère Henriette, qui avait toujours espoir de d'obtenir des réponses à ses questions, débarqua chez mes parents avec toute la correspondance en vrac de son frère. Elle demanda à mon père s'il pouvait classer les nombreux courriers, essayer d'établir une chronologie de la vie de cet homme dans les lettres et cartes postales échangées il y avait plus de cinquante ans entre les deux continents. Mon père, trop heureux d'avoir trouvé une activité entre ses quatre murs, s'attela à la tâche avec la persévérance et la minutie qu'on lui connaissait. Il tria, classa, lu et relu missives et cartes postales dont certaines étaient manuscrites recto et verso. Il constitua quatre classeurs retraçant le parcours et l'histoire du soldat disparu. Mais dans tout ce courrier, il n'y avait pas seulement que les échanges de Jean avec sa famille : il y avait aussi aussi des lettres de camarades de régiment et de femmes qu'il avait connues dans le sud de la France avant de s'embarquer pour l'Indochine. Il s'avéra que Jean avait eu plusieurs « amies » durant les trois années de sa vie de garnison en France, ce qui n'était pas en soit étonnant pour des jeunes gens. Mais ce que découvrit par la suite mon père dans le courrier fit l'effet d'une petite bombe dans notre cercle familial. Dans une lettre d'un camarade de régiment, ce dernier demandait à Jean des nouvelles de sa femme et de ses enfants ! On découvrit ainsi plus de cinquante ans après sa mort, que Jean avait eu une famille en Indochine. Dans les années qui ont suivi cette découverte, le sujet de la vie de cet homme et de sa descendance était souvent abordé lors de nos repas de famille. Il était illusoire pour nous de penser retrouver les traces de ces cousins éloignés, eu égard aux deux guerres successives qui avaient dévasté ce pays et qui s'étaient terminées, la première par la chute de Dien-Bien-Phu en 1954 et le départ des français, et la seconde par la chute de Saïgon en 1972 avec le départ des américains. La vie cachée de Jean s'en trouva encore plus auréolée de mystères et de fantasmes qui alimentèrent longtemps nos discussions lors des repas de famille.

Mon arrière grand-mère Henriette s'éteignit à la fin de l'année 1990. Je suis certain que cette femme très croyante a retrouvé son frère aimé dans l'Autre Monde et enfin obtenu les réponses à ses questions.

TABLE DES MATIÈRES

© 2025 Thierry BIDON
Édition : BoD · Books on Demand,
31 avenue Saint-Rémy, 57600 Forbach,
bod@bod.fr
Impression : Libri Plureos GmbH,
Friedensallee 273, 22763 Hamburg
(Allemagne)
ISBN : 978-2-3225-7350-9
Dépôt légal : Avril 2025